내 생에 가장 빛나던 순간

안도현·유강희 외 지음

39명의 작가가 쓴 마음이 따뜻해지는 이야기

내 생에
가장 빛나던 순간

안도현·유강희 외 지음

모악

기억을 넘어서는 글쓰기

삶은 한 사람이 살았던 그 자체가 아니라,

현재 그 사람이 기억하고 있는 것이며,

그 삶을 얘기하기 위해 어떻게 기억하느냐 하는 것이다.

가브리엘 가르시아 마르케스

마르케스의 말처럼, 우리의 삶은 기억될 뿐이다. 그 기억마저도 기억해 주는 사람이 없으면, 우리의 삶은 처음부터 존재하지 않았던 것처럼 영원히 사라져 버린다. 그러한 망각이 두려워서 우리는 끊임없이 옛일을 떠올리고 옛 사람을 불러내며 옛 장소를 그리워하는지 모른다. 잊히는 것, 그것은 곧 소멸하는 것이기 때문이다.

글을 쓰는 일은 소멸로부터 우리를 구원하는 유일한 방법이다. 한 편의 글은 기억을 넘어서는 명백한 기억 행위다. 시간의 비수를 유유히 견디어낼 수 있는 글쓰기를 통해 우리는 우리의 기억을 되살려낸다. 그것은 지금의 우리가 어제까지의 기억에 불과하다는 사실을 새삼 깨우쳐준다. 우리가 우리를 기억하는 방식 그 자체가 바로 우리의 삶이라는 사실 앞에 우리의 글쓰기는 좀 더 날카로워지고 보다 따뜻해질 수 있다.

돌아보면 아득한 곳에 내가 서 있었다.

아마도 이러한 감정들로 우리의 밤은 흐릿하고 또 총총할 것이다. 모든 지나온 순간들이 그러한 것처럼, 우리가 꼭 쥐고 놓지 않는 생의 한 지점들이 지금의 우리를 키웠다. 우리 삶의 비등점이라고 해도 좋을 그 순간들이…….

여기, 전북 지역에서 활동하고 있는 서른아홉 명의 작가들이 각자의 삶에서 가장 빛났던 순간들을 성긴 언어로 붙잡아 놓았다. 유년 시절의 총명하고 순순했던 날들도 있고, 열병에 시달리고 좌절과 깊은 절망으로 납작 엎드렸던 청춘의 한 시절도 있다. 그런가 하면 삶의 큰 깨달음을 준 인연들에 대한 고백도 있다. 이 모든 순간들이 특정한 공간을 중심으로 마치 오늘 일처럼 되살아난다. 그런 의미에서 우리는 오래전에 그곳을 떠나왔지만, 아직 그곳에 남아 있는 것이다.

필자마다 그 시절을 기억하는 방식은 다 다르지만, 왜 기억해야 하는지는 다른 마음이 있을 리 없다. 우리가 우리의 기억을 문장 안에 새겨 넣는 이유는 우리 삶이 함부로 잊혀서는 안 될 만큼 소중하기 때문이다. 그렇다. 우리 모두의 삶은 충분히 기억되어야 하고 또 기록되어야 한다.

2016년 12월
39명의 필자를 대신하여, 문신 씀

차례

1부

지상의 끝에 서다

내 유년의 마루

윤미숙

술에 취해 밤늦게 들어오신 아버지는 우리 일곱 형제를 모두 깨워 줄줄이 앉혔다. 무릎을 꿇은 것은 당연했다. 아버지의 말은 끝날 줄 몰랐고 우리는 끝날 때까지 방으로 들어가 잘 수 없었다. 오줌이 마렵다는 것은 핑계에 불과해 아무 말도 하지 못하고 곧 터질 듯한 위험을 무릅써야 했다. 저려오는 발이 무디어져 감각을 잃어 도망칠 수도 없고 반은 졸면서 아버지를 원망했다.

아버지는 반복되는 질문을 했다. 우리 또한 반복적인 대답을 할 수밖에 없었는데 난 대부분 쓸데없는 질문이라는 생각과 아버지 주정에 대한 불만 때문에 대답을 하지 않았다. 내가 무슨 대답이라도 할 때까지 아버지는 고문하듯 재차 질문을 했고 난 끝까지 입을 열지 않았다. 미숙이가 말할 때까지 이대로 무릎 꿇고 있어! 형제들은 나 때문에 생 벌을 받으며 꼬박 밤을 새우는 고역을 겪어야 했다. 옆에 앉은 언니가 내 옆구리를 쿡쿡 찌르며 눈치를 주어도 난 꿈쩍

내 생에 가장 빛나던 순간

도 하지 않았다. 아버지의 불벼락이 내 뺨에 붉어질 즈음 난 울음을 터뜨렸고 아버지는 그대로 픽 쓰러져 잠이 들었다. 저 인간 이가 갈려, 죽어서도 땅속에 나란히 묻히지 않을 테니 두고 봐라. 방문 가에 누운 엄마의 낮은 목소리가 옆에 언니를 건너 들려오고 그 사이로 팽창하게 굳어 가던 오줌보. 훌쩍이는 내 등을 엄마가 가만히 안아 주었다.

새벽녘, 화장실을 가려고 내복 바람으로 마루에 섰다. 마당에는 푸른빛을 띤 작고 하얀 감꽃들이 가득했다. 나는 그저 울고 싶었다. 그 꽃들을 밟고 걸어가야 오줌을 눌 수 있는데 길이 없다는 느낌 때문이었을까. 밤새 참고 견뎌야 했던 고통과는 대비되는 광경이 아름다워서였을까.

꽃 위로 걸어서 가야 할까. 꽃 속으로 숨어들어 지나가야 할까. 훨훨 날아 화장실까지 가야 할까. 마루 구석에 놓여 있는 놋쇠 요강을 초점 없이 바라보며 앉아 있었다. 곧 터질 듯한 오줌보를 끌어안고 먼 곳을 향해 세차게 달리고 싶었다. 그것이 엄마가 일어날 때까지 요강 안에 고여 있을 생각을 하니 싫었다.

엄마가 일어날 시간은 점점 다가오는데 내 오줌보는 더 이상 버티지 못한다고 말하고 있었다. 마당 한쪽 작두가 있는 빨래터 수채 앞에 바지를 내리고 쭈그리고 앉았다. 부얼부얼 올라오는 따듯하고 가벼운 김 아래 참다 참다 터진 석류 알들이 아침 햇살에 알알이 흩어지는 오줌을 직시하니, 색깔도 모양도 무게도 희미했던 그 무엇이 선명하고 명징하게 형태를 갖추려고 오물조물 움직임이 바빠지면서 쏘옥 빠져 나온 순간, 강력한 속도로 자신의 길을 향해 치닫는 오줌길에서 저 홀로 일어서는 분위기를 보았다. 그 분위기가 분명하게 지니고 있던 것은 정체였다.

정체는 분위기 속에 살아 있었고 또한 갇혀 있었다. 그 속에서 할 수 있던 것은 '이야기'를 꿈꾸는 일이었을까.

오줌을 눈 생물학적 시원함은 억울함까지 해소시켜 줄 순 없었다. 무거운 돌을 가슴에 묻으며 마루 끝에 앉아 화장실 가는 길을 고민하던 어린 뼈의 아우라. 그 분위기는 전주 서서학동 어느 작은 골목 끝, 내 유년의 집에 살아 있고.

우리는 말해야 할 것을 말하지 않고 산다. 누군가 작든 크든 부당한 행동을 해도 생각으로만 판단하고 말하지 않는다. 분위기에 대해 말하지 않는다. 아버지는 무엇을 말하고 싶어 우리를 잠 못 자게 했고, 어떤 색깔에 대해 말하느라 자신도 잠을 붉혀가며 자신의 에너지를 소모시켜야 했는지를.

아버지는 밖에서 인정받지 못할 얘기들을, 특급 기밀 같은 얘기들을, 말을 해도 알아듣지 못할 어린 우리들 앞에서 쏟아냈는지도 모른다. 아버지도 백 개, 아니 천 개도 넘는 오줌보를 묻은 가슴으로 우리와 함께 억지스러운 밤을 지새웠을지도 모른다고 그때 헤아릴 수 있었다 해도.

그대로 시간은 흘렀고 아버지 이름은 전두환 정권 시절 전국 간부급 공무원 오백 명 명단에 들었다. 말이 좋아 명예퇴직이지 말 그대로 모가지였다. 엄마는 신문에서 그 명단을 가위로 네모나게 오려 손에 들고 울고 또 울었다. 사모님을 찾아뵀어야 했는데 사모님을, 이라고 웅얼거리며. 아둔했던 나는 그 사모님이 대통령 부인인 줄 알았다. 우리 사회에 명예퇴직이라는 단어가 처음 거론됐을 때다. 37년이 흐른 지금 뉴스에서 '김영란법'이 흘러나오고 있다.

한 달 전 친정어머니가 돌아가셨다. 25년 전 돌아가신 아버지 묘를 파묘해서 나란히 봉안했다. 집에 돌아와 변기에 앉아, 하얀 감꽃 앞에 울던 어린아이가 아버지를 용서하려고 힘들어하던 날들을 떠올린다.

그때 거기에서 저 홀로 일어서던 분위기. 어릴 적 내가 경험한 분위기란 부당함 앞에 나를 봉합하는 아픔이었다. 그것은 살기 위함이었고, 아닌 것은 아닌 것이라는 것을 스스로에게 가르치는 본능이었다.

나의 이야기는 그때 거기 부조리에서 시작할 것이다. 동화는 밝고 해맑은 아이들의 심리를 그리는 것이기도 하고, 오줌길을 찾지 못해 터질 듯 오줌보를 지니고 사는 어린이들의 이야기이기도 하다. 나의 이야기는 유년 시절 그 집의 마루로부터 나올 것이다. 아직은 희미하나.

윤미숙 2009년 「대교아동문학상」 공모전 당선. 장편동화 『소리공책의 비밀』.

산지총, 붉은 뽕나무 밭

경종호

'그때, 거기'라는 말을 떠올려 본다. '그때, 거기'에는 무엇이 있을까? 재미있는 이야기가 있을 것도 같고, 어떤 의미가 담긴 사건 또는 마음속에 고스란히 담아 두고 싶은 그런 이야기들이 '그때, 거기'에는 있을 것만 같다. 또한 누구나 그런 시간과 장소를 한두 개쯤은 가지고 있지 않을까?

나는 '산지총'이라는 곳을 가만히 꺼내놓는다. 그리고 아버지, 어머니가 지금의 나보다 젊으셨을 그 나이를 끄집어낸다. 나만의 특별한 그곳. 아니 어쩌면 우리 가족의 특별한 곳일지도 모르겠다. 그때, 그곳에 어떤 강렬한 사건이 있었고, 대단한 풍경이 있던 곳은 아니다. 우리나라의 농촌, 어느 마을에나 있을 법한, 야산에 딸려 있는 작은 밭들이 듬성듬성 자리 잡은 평범한 곳이기 때문이다.

지명 또한 마찬가지다. 어느 시골에나 있을 법한 이름이다. 산 밑

의 논을 '고라실논', 마을 건너에 있으면 '말건니논', 새로 생긴 도랑 옆에 있으면 '샛똘논' 하는 식이다. 그 '산지총'도 그랬다. 유난히 무덤이 많은 곳이었고, 야산과 붙어 있어 그렇게 불린 것이라는 추측을 한다. 언제부터 그 이름을 가졌는지는 잘 모르겠지만 쇠꼬챙이를 양손에 쥐고 땅에서 무엇인가를 찾아다니던 사람들도 그 시절엔 간간이 보이곤 했었다. 도자기를 찾아다니는 사람들이 독특한 지명에 의지하여 자주 찾아오는 것을 보면 꽤 오래된 지명이었을지도 모른다는 생각을 해 보기도 한다.

그리고 지금 난 이 '산지총'을 가만히 꺼내 놓는다. '가만히'라는 말처럼 마음속에 고스란히 담아 두고 싶은 곳. 그리고 그곳에 가면 아버지, 어머니의 조그만 밭을 만날 수 있는 곳이 그 '산지총'이다.

붉은 밭이었고 뽕나무 밭이었다. 지금의 나보다 더 젊었을 아버지, 어머니가 언제나 그렇게 일을 하시던 밭이었다. 그리고 열 살 남짓의 나와 형님과 누님, 그리고 동생이 흑백사진처럼 서성거리던 그런 밭이었다.

내가 가진 기억 밖에서부터 그 밭은 우리 밭이었고, 뽕밭이었다.

동쪽 끝으로 모악산이 보였고, 서쪽 끝으로는 김제평야가 아른거리는 그런 곳. 밭 위쪽으로는 먼 마을 누군가의 선산이 있었고 아래쪽으로는 50대 초반에 세상을 떠나신 옆집 아지매, 어머니와 참 살갑게 지내시던 그 아지매네의 뽕밭이 있었고, 양 옆으로는 뒷집의 밭이 있고, 어머니의 팔촌쯤의 숙모가 되는 새테 할머니네 뽕밭이 있었다. 1980년대 초 우리나라의 양잠 산업이 쇠퇴기를 겪기 전까지 그 산지총은 어느 밭이나 뽕밭이었다.

아버지는 서른 살이 되기 전에 류마티즘을 앓으셨고 몇 년 지나지 못해 한쪽 다리가 불편해져 있었다. 그리고 남은 생을 그렇게 불편하게 보내셨다. 그 옆에 어머니가 계셨다. 아버지의 불편은 고스란히 어머니의 몫이 되었다. 그리고 형과 누나의 몫이 되기도 하였다.

하지만 누구보다도 성실하셨던 아버지는 가족들에게 그런 작은 불편을 주셨던 대신 밝고 긍정적인 사고를, 다른 사람들과 어울려 사는 지혜를, 가장으로서 가족을 아끼고 보살피는 방법과 사랑하는 방법을 몸으로 실천하며 가르쳐 주시기도 하셨다. 한 인간으로서 삶의 멘토가 누구냐고 한다면 조금의 망설임도 없이 내가 아버지를 선택하던 것도 아마 이런 연유가 아닐까 하는 생각을 한다.

우리 마을에서도 빈농이었던 아버지는 그 어려운 살림에도 3남 1녀를 모두 대학까지 뒷바라지를 해주셨다. 그리고 아버지의 의견이면 아무 말 없이 따라 주시던 어머니가 계셨다. 그리고 그 두 분의 삶의 원천이자 밑천이라면 산지총, 그 밭이 아니었을까 하는 생각을 해 본다.

그 밭에 가려면 좁은 밭둑으로 난 황톳길을 지나야 했다. 리어카를 끌거나 자전거를 타고 가려면 두세 배는 더 먼 신작로 길을 가야 했다. 이미 삼십 년 전에 사라져 버린 뽕나무 밭이지만 나는 아직도 그 산지총을 생각하면 바로 떠오르는 것이 뽕나무다.

봄의 시작은 뽕밭에서부터였다. 절름거리는 아버지가 끌던 리어카가 그 신작로 자갈길을 지나갔다. 겨우내 모아 두었던 거름이나 똥, 오줌 등이 그렇게 밭으로 갔다. 끙끙거리는 리어카를 밀고 가는 어린 내가 있었고, 형님이 있었다.

사월이 지나면서 뽕나무 뽕잎이 가지에서 뽀로록거리며 연두색 눈을 떴고, 뽕잎이 어른 손바닥만 해지면 연두색 오도개가(오디가 표준어지만 왠지 이 글에서는 '오도개'라고 하는 것이 더 어울릴 것만 같다.) 강아지풀처럼 열렸다. 연두색 오도개가 신맛을 내는 빨간색을 지나 단맛을 내는 검은색이 되기 전 뽕잎을 땄다.

뽕잎은 유월과 구월 두 번 나온다. 그 뽕잎에 맞춰 유월 누에, 구월 누에라고 부르곤 했다. 유월 뽕나무에서는 오도개가 열리지만 구월 뽕나무에서는 열리지 않는다. 또한 유월 뽕나무는 나무째 베지만 구월 뽕나무에서는 나무를 베지 않고 뽕잎만 딴다. 그리고 겨울을 지낸 뽕나무에만 오도개가 열린다.

그렇게 유월도 가고 여름이 되면 베어낸 뽕나무에서는 하루가 다르게 다시 가지가 나기 시작한다. 그리고 구월, 추석 무렵이면 또다시 구월 누에가 익어간다. 그렇게 그 뽕나무와 누에는 농한기의 우리 형제들의 육성회비였고, 등록금이었다.

'산지총' 밭.

그때, 그곳엔 흔들리는 뽕잎의 연둣빛이 있었고, 발갛게 뿌려대는 석양의 햇살이 있었다. 석양의 붉은빛과 뽕잎의 연둣빛을 담고 가는 바람이 불었다. 아버지의 땀에 젖은 넌닝구, 구멍난 넌닝구를 비집고 지나갔을 그 바람이 있었다.

그때, 거기엔 빗소리가 있었다. 뽕잎에 떨어지는 빗방울 소리, 어떤 슬픔이 뚝뚝 배어드는 것만 같은 소리였다. 그리고 뽕잎은 또 한 번의 빗소리를 냈다. 누에가 뽕잎을 갉아 먹는 소리가 그것이다. '후드득후드득' 뽕잎이 만들어내는 빗소리가 가난을 이겨내려는 힘겨운 소리라면 누에가 뽕잎을 갉아대는 '사그락사그락' 빗소리는 그런 고단한 삶이 단잠을 청할 수 있도록 들려주는 자장가 소리처럼 들리기도 한다. 참 고단했을 어느 부부의 삶을 안고 가는 그런 소리 같았다.

8년 전, 아버지는 세상을 떠나셨다. 그리고 한 달 전, 어머니도 아버지 곁으로 가셨다. 아버지는 '산지총' 그 밭 언저리에 자리를 잡고 계셨지만 어머니는 경기도에 있는 공원묘지로 모시기로 하였다. 자식들이 살고 있는 곳과 가까운 곳이 좋을 것 같다는 의견이었다. 내년이면 아버지도 어머니 곁으로 모실 생각이다. 그때면 아버지는 어머니에게 그 '산지총' 밭 이야기를 밤새워 하실 것이다. 꺼칠한 수염이 듬성듬성한 얼굴로 밤송이처럼 웃으면서 그렇게 얘기하실 것이다.

경종호 「전북일보」 신춘문예 시 당선. 『동시마중』 신인상.

삼천천과 아버지

김승종

　지난 1월 15일에 돌아가신 아버지는 한마디로 매우 열정적이고 활동적인 분이셨다. 어려서부터 동네 야산이나 냇가에서 신기에 가깝게 무언가를 잘 맞히는 돌팔매질로 유명하던 아버지는 5학년 시절 전주사범부속국민학교에서 처음으로 야구에 접하게 되셨다.

　할아버지께서는 서른세 살에 처음 교장으로 발령을 받은 후, 무려 32년간 초등학교 교장을 지내신 분이었다. 할아버지 임지를 따라 거의 매년 전학을 다니던 아버지가 산과 들을 뛰며 노는 데만 정신이 팔려 있는 것을 보고 할아버지는 중대 결심을 하셨다. 큰아들을 저렇게 시골 학교에 방치했다가는 중학교 문턱도 넘지 못할 것으로 판단하신 할아버지는 편입생을 받지 않는 것으로 유명한 부속국민학교장을 찾아 며칠을 애원한 끝에 전학을 허락받았다고 한다.

　그 당시 부속초등학교에는 드물게도 야구부가 있었다. 야구부 코치는 한눈에 아버지의 비범한 능력을 알아보고 야구부 투수로 끌어

들였다. 다소 학력이 처졌던 아버지는 외야에서 포수 석까지 한 번에 던질 수 있는 놀라운 어깨 덕분에 전주북중에 진학하게 된다. 물론 야구 선수로 스카우트된 것은 아니지만 학적부에 "김 군은 야구에 천재적인 소질이 있다."라는 체육 교사의 소견이 붙어 있었고, 마침 그것이 북중 야구부 감독에게도 전달되어 사실상 특별 합격이 된 셈이다.

그러나 최고의 투수가 되려고 했던 꿈은 불과 2년도 안 되어 날아가고 만다. 태평양전쟁이 일어나자 전주북중은 야구를 '양키 스포츠'라고 하여 금지하고 야구부를 해산시켰기 때문이다. 저학년임에도 물주전자나 빨래 심부름을 면제받을 정도로 촉망받았던 아버지는 갑자기 공부만 해야 하는 신세가 된 것이다. 당시 동아시아 전체가 전시체제 상태에 놓여 있었을 때라 전주북중 교장은 검도를 필수과목으로 정하고 검도부를 집중 양성하였다.

아버지는 단신이었다. 검도를 하기에 불리한 신체 조건이지만 엄청나게 발달한 운동신경과 초인적인 훈련을 통해 단신 핸디캡을 극복하고 전국 선수권자가 되었다. 리치가 긴 상대 선수가 아버지를 공격하기 전에 선제적으로 허리치기나 손목치기를 하여 점수를 많이 얻었다고 하신다. 이처럼 공부보다는 운동을 즐기셨던 아버지는 평생의 목표가 100세까지 운동을 하다가 돌아가시는 것이었는데, 그만 10년을 못 채우고 돌아가셨다.

아버지는 청년 시절부터 전주천이나 삼천천, 구이 등에서 투망을 즐기셨다고 한다. 그러다가 다니던 직장(전주연초제조창)에서 해직

당하시고 상경하셨다. 서울 금호동에서 건재상을 하며 차근차근 기반을 잡아가던 아버지는 다시 투망을 시작하셨다. 한강 주변에 위치한 금호동에는 건너편 모래섬을 오가는 나룻배가 수시로 운행되었다. 모래섬에 도착한 아버지는 되도록 나루터에서 멀리 떨어진 곳에서 그물을 던지셨다. 아버지 예상대로 물고기는 많이 잡혔다. 나를 무등 태우고 팔에는 납이 가득한 투망을 감고, 한 손에는 고기 바구니를 들고 강을 되돌아 건너던 아버지는 키를 훨씬 넘는 깊은 곳에 빠지고 말았다.

잘은 못하시지만 기본적인 수영 능력이 있었던 아버지는 그러나 무등 탄 아들, 그리고 팔에 감겨 있는 투망 때문에 물속으로 점점 깊이 빠져 들었다. 수영을 못하시는 할아버지는 강 건너에서 소리만 치시고 큰아들과 큰손주가 눈앞에서 수장되는 모습을 바라보아야만 했다. 그때 갑자기 기적처럼 천렵꾼 대여섯 명이 달려들어 아버지와 나를 구조하였다. 그분들도 이제는 다 돌아가셨을 것이다. 그러나 나는 그분들 덕분에 오늘날까지 살아 있다. 살면서 가장 소중한 것을 빚진 분들인데 이름이나 연락처는커녕 얼굴도 기억 못하는 게 안타깝다. 아버지는 그 경황이 없었던 와중에도 나를 필사적으로 밀어 올리셨다. 그 때문에 물을 너무 마셔서 한동안 병원 치료를 받으셔야 했다. 아마도 마지막까지 종족을 보존하려는 필사적 노력이 기적을 불러일으키지 않았나 싶다.

당연히 투망 던지기는 그 후 수십 년간 중단되었다. 아버지는 운동선수나 군인이 되었어야 했다. 그러나 전매청 직원, 장사, 유치원 원장, 아파트 관리소장, 동창회 사무국장 등 늘 몸에 안 맞는 옷을 입고 다니셨다. 그러다가 70세 이후에는 특별한 수입이 없이 자녀들의 재정적 보조를 받으며 사셨다. 하지만 아버지의 이 20년간의 생활이 90년 아버지 인생에서 가장 행복했던 시기, 이른바 전성기가 아니었을까 싶다. 봄에는 고사리나 나물을 채취하고 여름에는 투망을 다시 시작하셨으며 가을에는 전주 주변 산들을 돌아다니면서 지천으로 널려 있는 밤과 감을 땄다. 한마디로 동물적 감각을 최대한 발휘하며 자유롭게 사신 것이다. 강인한 체력이 뒷받침되었기 때문에 가능한 일이었다. 특히 투망으로 잡은 민물고기들로 온 집안은 비린내가 진동하였다.

70이 넘은 아버지는 40이 넘은 나에게 여러 차례 투망하는 법을 가르쳐 주었지만, 끝내 나는 그물 던지는 기술을 익히지 못하였고, 결국 물고기 한 마리도 잡아 보지 못했다. 아버지는 손목 스냅을 이용하여 고기들이 도망가기 전에 순간적으로 투망을 활짝 펴는 게 관건이라고 하셨다. 당시만 해도 삼천자동차학원 앞쪽의 삼천천은 오염이 덜 되었는지 피라미와 모래무지, 붕어 같은 민물고기가 제법 많이 잡혔다. 막 잡은 작은 크기의 민물고기로 요리한 매운탕과 튀김의 맛은 사실 그 어느 것과도 바꿀 수 없을 정도로 기가 막히게 맛있었다.

요즘 나 나름대로 어려운 일들을 많이 겪으면서 아버지 생각을 자주 하게 된다. 아버지라면 이럴 때 어떻게 하셨을까? 아버지는 늘 나를 두고 "어려서 저놈을 좀 더 굴렸어야 했는데, 너무 오냐오냐 키웠어."라고 혼잣말처럼 말씀하셨다. 그렇다. 예방주사는 일찍 맞을수록 좋다. 또한 어려서 이런저런 잔 고생을 많이 해 봐야 나이 들어서 큰 실수를 안 하게 되는 것 같다. 마이클 조던은 원래 대단한 농구 선수가 아니었다고 한다. 키도 크지 않았고 능력도 평범한 선수였다. 그러나 피나는 노력을 통해서 기량이 날로 발전하여 주목받는 선수가 되었다. 그러나 그를 최고의 선수로 만든 것은 이른바 '마이클 조던 에어 타임'이다. 그는 경기 전에 명상을 통해서 자신이 승부처에서 어떤 선택을 할지 미리 준비하였다고 한다. 그리하여 그 시기가 찾아오면 미리 예상하고 준비한 대로 최대한 집중하여 승부를 걸었고, 높은 승률을 얻었다는 것이다. 물론 실패도 많이 했지만 그 실패들은 오히려 마이클 조던을 더 강하게 만들었다.

지금도 아버지가 환상적으로 그물을 던지던 모습이 눈에 선하다. 아버지는 물고기들이 몰려 있는 곳을 기가 막히게 잘 알았고, 가장 빠른 동작으로 정확한 위치에 그물을 던졌으며, 손목 스냅을 최대한 활용하여 그물이 활짝 펴지게 했다. 그 덕분(?)인지 삼천천의 민물고기가 많이 줄어들었다. 아마도 아버지는 삼천천에서 마지막으로 그물을 가장 많이 던진 분으로 기억될 것 같다. 삼천천에서 그물 던지는 사람은 이제 없는 것 같다. 그렇지만 삼천천에서 아름답게 활짝 펼쳐진 그물을 재빠르게 던지시던 아버지의 모습은 나의 기억속에 아직도 생생하게 살아 있다.

김승종 수필가, 문학평론가. 전주대 한국어문학과 교수.

비계

배귀선

봄볕을 갈아엎는다. 몇 삽 뜨지 않았는데 등줄기에 땀이 흥건하다. 등허리에 혀 차는 소리가 무겁게 얹어진다. 집 앞을 지나는 동네 어른들의 인정 어린 간섭인 셈인데, 길갓집에 사는 매화나무며 푸성귀들은 봄부터 동네 어른들의 입방아에 몸살을 앓는다. 그도 그럴 것이 자두나무와 매화나무에 달린 열매가 부실하고 얽히고설킨 나뭇가지 그늘 때문에 푸성귀들마저 시들하니 농사의 고수들께서 어찌 그냥 지나칠 수 있으랴. 주인 잘못 만난 죄로 우리 집 텃밭 풋것들은 늘 수난이다.

농한기인 겨울이면 잠잠했다가도 봄부터 가을까지 울타리 너머로 던지는 동네 어른들의 입방아가 이젠 그리 고깝지 않다. 그러거나 저러거나 나는 모른 체한다. 부실한 수확이면 좀 어떠랴. 어설픈 변명 같지만 가지치기를 하지 않은 것은 공중에 그리는 수채화의 변이를 감상하려는 욕심 때문이기도 하고, 허공을 더듬어 제자리

찾아가는 저들의 생을 인정하고 싶은 이유 때문인지도 모른다.

작고 볼품없는 매실일망정 봄기운을 우려내는 일이 운명인 것처럼 어머니의 가난도 그러했다. 나뭇가지 허공에 길을 내듯 어머니는 정월의 시린 길을 밟아 아버지에게 왔다. 그 길에 서 있는 사내아이.

초등학교에 다닐 적 나는 어머니가 쌀이나 콩을 머리에 이고 시장에 갈 때면 마냥 좋았다. 가끔 입에 넣어주는 주전부리 때문이었다. 그런 내 기분과는 달리 됫박쌀을 내다 팔러 가는 어머니의 얼굴은 그리 밝지 않았다. 어머니는 품삯을 돈으로 받기도 했지만 현물로 받아올 때도 있었다. 한 됫박 한 됫박 모은 곡식은 가족의 식량이자 가끔 내 학용품이 나오는 수단이기도 했다. 그때, 변변한 색연필 하나 없는 미술 시간은 참 싫었다. 그림을 연필로 그리던 나는 크레용을 사 주겠다는 어머니의 말에 며칠 전부터 들떠 있었다.

장이 서는 일요일 새벽부터 일어나 어머니의 얼굴을 살폈다. 어머니는 미제 마크가 찍힌 밀가루 부대에 쌀을 담았다, 덜어냈다 몇 번을 반복했다. 망설임을 이내 머리에 이고 나서는 어머니의 치마폭에서는 짠내가 났다.

읍내에 다다르면 일명 아가리패*라 부르는 사람들이 달려와 곡물을 서로 사려 했다. 싸전이 있는 부안극장 앞은 곡물을 팔러 나온 사람들을 기다리는 아가리패 아주머니들의 집합소 같은 곳이었다.

* 입심 좋은 사람을 일컬은, 생전의 어머니가 썼던 말.

촌에서 가지고 나온 곡물을 싼값에 사서 되팔아 이윤을 남기는 사람들이다.

됫박으로 쌀의 양을 측정한 다음 한 푼이라도 더 받으려는 어머니와 덜 주려는 아가리패 간의 실랑이는 지루했다. 그럴 때마다 나는 극장 옆 풀빵 장수 앞에 서 있었다. 어머니는 몇 푼의 동전을 더 받는 것으로 흥정을 마치고 그 돈으로 풀빵을 안겨 주었다. 다른 곳의 빵보다 유난히 고소했던 풀빵. 빵틀을 한참 동안이나 바라보고 있던 어머니는 들어가는 목소리로 빵틀에 바르는 저 기름은 무슨 기름이냐며 풀빵 장수에게 물었다. 혹시 풀빵 장사를 하려는 것은 아닌지, 나는 반가운 마음에 귀를 세웠지만 어머니는 더 이상의 질문은 없었다.

어머니는 나를 학교 앞 문구점에 데려가, 그렇게도 갖고 싶었던 12색 크레용을 사 주었다. 처음으로 갖게 된 크레용. 그 황홀한 색에 취해 있는 나를 끌고 어머니는 차부 근처 푸줏간으로 들어섰다. 정육점 도마에는 고기가 쌓여 있었다. 어머니는 푸줏간 주인의 눈치를 살피며 망설이는가 싶더니 돼지고기 반 근을 주문했다. 칼이 지나간 뒤 주인의 손에 들려진 살코기는 주먹만 했다. 누런 종이에 둘둘 마는 푸줏간 주인의 손을 바라보며 어머니는 모기만 한 소리로 말을 이었다.

"아자씨, 비계 쪼까 더 주먼 안 되겠소?"

정육점 주인은 어머니를 위아래로 훑어보더니 고개를 흔들었다. 그래도 어머니는 통사정을 했다. 인상을 찌푸리던 주인은 귀찮은

듯 수대에서 비계 한 덩이를 칼끝으로 찍어내더니 얹어 주었다. 반 근의 고기는 비계를 얻기 위한 푸줏간 주인과의 어쩔 수 없는 거래라는 것을 오랜 시간이 지난 후에 알았다. 그 후로 어머니는 정육점에서 살코기보다는 같은 돈으로 양 많은 비계를 사왔다. 그런 날은 장작을 지피고 솥뚜껑을 뒤집어 기름을 내었다. 덕분에 우리 집은 부잣집처럼 고기 냄새가 자주 났다. 비계에서 나온 기름은 부침개를 부치거나 시래기를 자박자박 조릴 때 어머니만의 고소한 양념이 되어 주었다.

텃밭에 아직 고추 두럭을 다 세우지 못했는데 핑곗거리처럼 비가 내린다. 잘됐다 싶어 삽자루를 던지고 참새가 방앗간 들듯 막걸리를 찾아 나선다. 삼거리슈퍼에 다다르기도 전에 부침개 냄새가 마중한다. 무엇보다 비 오는 날의 부침개는 막걸리가 제격이다. 슈퍼라고 해 봐야 오래된 과자 몇 봉지와 막걸리, 소주, 맥주 몇 병이 전부인 구멍가게. 이곳은 생전의 어머니 닮은 냄새가 있어서 좋다.

기름처럼 응고된 가난했던 어머니의 기억. 그 기억이 노릇노릇 익어가는 봄날, 비계를 눌러 기름을 내던 어머니의 꼬순 손길이 아프다.

배귀선 『문학의 오늘』 신인문학상 시 당선, 『전북도민일보』 신춘문예 수필 당선.

덕진공원과 오리 배

유강희

　지난 일기를 찾아 노트를 뒤적거려 보니 내가 어머니를 모시고 덕진공원에 간 게 올 초 4월 10일이다. 그날 나와 아내는 결혼 일주년 기념으로 아버지 산소에 주목 한 그루를 심었다. 뒤늦은 나이에 결혼했으니 주목해서 잘 돌보아 주십사 하는 '내 맘대로의 뜻'을 담아 심은 것이다. 집에서 가지고 간 페트병의 물도 넉넉히 주고 행여 쓰러질까 봐 두 발로 꼭꼭 밟아 주기까지 했다. 그리고 식수 기념사진도 몇 장 찍었다.

　나무를 심은 후에는 어머니와 형, 동생 부부와 함께 산소의 잡초도 뽑았다. 드문드문 솟은 고사리도 끊고 취도 몇 줌 캤다. 제수씨는 구슬붕이를 캐 와서 종이컵에 나누어 주었다. 연한 보라색 꽃이 작지만 강한 인상을 주었다. 여기저기 피어 있는 솜나물 꽃도 앙증맞게 예뻤다.

　재실에서 장인어른을 모시고 점심을 먹은 뒤 우리 부부는 집으로

내 생에 가장 빛나던 순간

돌아오는 도중 어머니를 모시고 덕진공원에 들렀다. 카페「그곳」에서 차가운 아메리카노를 사서 어머니께도 드렸다. 어머니께 다냐고 물으니 시럽을 넣었는데도 달지 않다고 하셨다.

나는 어머니와 덕진공원에 몇 번 온 적은 있지만 함께 오리 배를 탄 적은 없다. 그래서 오늘은 꼭 어머니와 오리 배를 타리라 생각하고 온 것이다. 아내도 흔쾌히 응해서 우리는 오리 배를 타게 되었다.

오리 배를 타기 전 아내는 종이컵에 담아 파는 번데기를 사 왔다. 어머니는 번데기를 무척 좋아하신다. 외할머니도 번데기를 좋아하셔서 어머니가 외가에 갈 때는 늘 번데기를 사 가지고 가셨다. 그 말을 기억하고 있던 아내가 급히 번데기를 사 온 것이다.

우리는 만이천 원을 주고 수동 오리 배를 탔다. 정확히 말하면 오리 배가 아니고 용 배였다. 어머니는 우리 부부가 페달을 힘껏 굴러 나아가는 동안 번데기를 드시며 어린아이처럼 즐거워하셨다. 우리는 연못가를 돌며 흰뺨검둥오리와 물닭을 보았다. 부리가 흰 물닭과 목을 길게 빼고 헤엄치는 오리를 가까이서 보고 아내는 신기해하며 손뼉을 쳤다. 어머니도 오리 배를 처음 타 본다며 좋아하셨다.

물 위로 솟아 있는 죽은 나뭇가지도 묘한 분위기를 풍겼다. 연못가 돌 틈에 푸른 창포가 싱싱하게 자라고 있었다. 정문 쪽 물가에선 헤엄치는 주황색 오리 발바닥이 보였다. 이런 것들이 봄날에 얼마나 눈부신지 나는 온몸으로 느꼈다.

어머니는 오리 배를 타는 동안 서울에서 걸려온 동생과 형의 전화를 받고 자랑하기 바쁘셨다. 지금 오리 배를 타고 있다고. 그깟 오리 배 좀 타는 게 무슨 대수라고. 어머니는 자랑하고 또 자랑하셨다.

우리는 오십 분쯤 오리 배를 타다 내렸다. 구명조끼를 입은 채 기념사진도 찍었다. 그런데 이렇게 눈부신 봄날에 어머니가 너무 늙어 보였다. 팔순의 어머니 얼굴은 너무 조그맣고 너무 까맸다. 그래서 화가 난 봄 햇살이었다.

나는 어머니를 모시고 이 덕진공원에서 얼마나 더 오리 배를 탈지 모르지만 어머니와의 즐거운 한때를 보낸 추억의 장소로 이 연못과 오리 배가 떠오를 것이다.

> 어머니 얼굴 보고
> 또 보고 자꾸 보게 되네
> 여든이 여덟이라면,

「새해」 전문

이번 새해에 어머니의 건강을 비는 마음으로 써 본 나의 '손바닥 시'다. 어머니와 덕진공원 연꽃 구경도 못 하고 어느덧 8월이 지나가고 있다. 어머니, 오늘 하루도 고단하지만 건강하고 즐거우시길!

유강희 1987년 「서울신문」 신춘문예 시 당선. 시집 「불태운 시집」, 「오리막」, 동시집 「오리 발에 불났다」, 「지렁이 일기 예보」, 「뒤로 가는 개미」.

편지

서연수

    우리 마을에서 학교에 가려면 순창 고추장 민속마을에서 강천산으로 가는 방향으로 메타세쿼이아 나무가 터널을 이루고 있는 길을 지나간다. 내가 전학을 해서 초등학교에 다닐 때는 그곳에 미루나무가 있었던 것 같다.

    메타세쿼이아가 쭈욱 뻗은 도로가 오른편으로 꺾어지는데 작은 산모퉁이가 나타나고 그 맞은편으로 강천저수지부터 젖줄로 흐르는 작은 시내가 흐른다. 그 시내를 건너는 길이 순창에 있는 팔덕초등학교로 가는 샛길이다.

    깊지 않지만 무릎까지 차는 맑은 물이 흐르고 물속의 돌 사이로 피라미나 붕어, 미꾸라지, 이름도 잘 모르는 치어들이 들락날락 재미나게 산다. 안테나를 세운 다슬기는 느릿느릿 배를 깔고 바닥을 탐험하고 다닌다. 냇가에는 철 따라 예쁜 들꽃들이 지천으로 피고 지고 아이들은 줄을 서서 음표처럼 놓여 있는 징검다리를 건넌다.

내 생에 가장 빛나던 순간

겨울에는 이것 때문에 골탕을 먹기도 한다. 돌 표면이 미끌미끌해서 아차 하는 순간에 물에 빠지기 때문이다. 나는 신발을 벗고 신발 속에 양말을 집어넣어 동생 손에 들리고 동생을 업어서 맨발로 시내를 건너다녔다. 어쩌다 물고기나 다슬기를 잡겠다고 물속에 들어가지만 결국에는 물장구를 치며 장난을 하다가 자갈밭에 앉아 젖은 옷을 말리곤 했다. 들로 산으로 돌아다니며 꽃을 꺾거나 나물을 캐는 일 모두 나에게는 신기하고 즐겁기만 했다.

서울에서 전학을 오던 날, 교장실에 앉아 면담을 하고 있는데 드르륵 창문이 열리더니 창가에 새까만 얼굴들이 다닥다닥 붙어서 우리를 신기한 듯 바라보았다. 청소 시간이 되었는지 어떤 아이는 빗자루를 들고 어떤 아이는 걸레를 들고 까치발을 하고 서로 얼굴을 내밀며 우리를 쳐다보면서 희한한 사투리로 낄낄거렸다.

원피스를 입고 반 스타킹에 구두를 신고 빨간 가방을 들고 다니는 나는 금방 아이들의 놀림거리가 되었다. 천방지축으로 뛰어다니기에 원피스는 거추장스러웠고 아무 때나 첨벙거리며 물속을 다니기에는 구두도 불편했다. 나도 다른 아이들처럼 똑같은 모습으로 그들 속에 어울리고 싶었다. 친구이고 싶었다. 나는 며칠 동안 엄마를 졸라 티셔츠와 바지와 고무신을 얻었다. 고무신은 연두색 바탕에 나비가 그려져 있는 신이었는데 다른 친구들처럼 검정 고무신이 아니라고 울고불고 한바탕 소란을 피웠다.

빨간 가방 대신 할머니에게서 보자기를 얻어 묶는 법을 배우고 책보를 만들었다. 그때야 아이들도 나를 친구로 받아들여 주고 서투른 나를 도와주며 그것도 못 하느냐고 으스대기도 했다.

"이 편지, 면에 가서 우체통에 넣어 주라."

어느 날 당산나무 아래에서 서성거리던 동네 오빠가 등교하는 나에게 편지를 내밀며 부탁을 했다.

"응, 알았어, 오빠."

한 손에 책보를 들고 다른 손에는 편지를 들고 나는 애들과 조잘거리며 학교로 향했다.

삼삼오오 무리를 지어 웃고 떠드는 소리가 신작로의 나무들 사이로 까르르까르르 나풀거렸다.

징검다리를 깡충깡충 건너고 친구들과 자갈밭에 둘러앉아 해찰을 하다가 학교에 갔다. 수업 시간이 되어서 숙제 검사를 하게 되었을 때, 그때야 편지를 잃어버린 것을 알게 되었다.

머리가 쭈뼛 서고 귀에서 '찌잉' 소리가 나며 가슴이 쿵쾅쿵쾅 뛰었다.

'큰일 났다. 어디서 잃어버렸을까? 어떻게 해야 되지?'

급히 화장실에 가야 한다고 선생님께 거짓말을 하고 교실을 나왔다. 학교에 오던 길을 거꾸로 더듬어가며 정신없이 뛰었다. 발이 땅에 닿지 않고 허공을 달리는 것 같았다. 시냇가에 거의 다다랐을 때 어떤 놈의 짓인지 길 여기저기에 편지가 갈기갈기 찢겨 버려져 있었다.

'나쁜 놈! 주웠으면 그냥 우체통에 넣어 주지. 큰일 났네. 오빠한테 뭐라고 말해?'

그날 이후 오다가다 혹시라도 오빠를 만날까 봐 가슴을 졸이며 며칠이 지났다.

결국 오빠를 만나고야 말았다. 가슴이 덜컥 내려앉으며 얼굴이 화끈화끈 달아올랐다.

"편지 잘 부쳤지?"

"그럼, 잘 부쳤지."

"그래? 그런데 왜 답장이 안 오지?"

고개를 갸우뚱하는 오빠를 뒤로하고 나는 바삐 걸음을 돌렸다.

그런데 또 편지 심부름을 하게 되는 사건이 생겼다.

서울에서 전학을 왔다고 담임선생님이 집에 가정방문을 오셨다. 선생님은 냇가만 건너면 되는 우리 옆 마을에 사셨다. 나보다도 더 우리 동네를 잘 알고 계시는 선생님이셨다. 가정방문을 다녀가신 지 며칠이 지난 후 학교에서 종례가 끝나고 선생님이 나를 잠깐 남으라고 하셨다.

'무슨 일이지?'

친구들을 밖에 세워 놓고 선생님께 갔다. 선생님은 고모에게 갖다 드리라고 편지와 함께 빵을 주셨다.

'응? 편지 심부름. 이번엔 잃어버리면 안 돼.'

이번에는 편지를 잃어버리지 않기 위해 책 속에 편지를 넣고 책보를 단단히 싸매는 손이 떨렸다. 나도 눈치는 있었던지 집에 돌아와서 어른들 몰래 고모를 살짝 방으로 불러 선생님의 편지를 전했다. 고모도 저녁에 답장을 써서 나에게 주면서 선생님께 갖다드리라고 했다. 물론 알사탕도 함께.

시내를 건너다니며 연애편지 심부름을 했다. 선생님과 고모에게서 받아먹는 심부름 값의 재미도 쏠쏠했다. 흔하지 않았던 군것질거리라 친구들에게 인심도 후하게 팍팍 쓰며 비밀스러운 스파이처럼 스릴을 만끽했다. 선생님이 고모와 데이트를 할 때 고모는 친구 집에 간다며 나를 방패막이로 데리고 다녔다. 시내를 건널 때 선생님은 고모와 나를 한꺼번에 업고서 맨발로 '휘적휘적' 물속을 걸었다.

"우와! 선생님 힘세다."

선생님의 등에 더블로 포개 업혀서 신이 난 내가 고모에게 속삭이면 고모가 씩 웃었다.

편지 심부름을 한 지 2년이 되는 6학년 겨울, 선생님은 드디어 나의 고모부가 되셨다. 지금은 교직에서 정년퇴직을 하고 사진 찍는 재미에 푹 빠져 고모와 함께 열심히 출사를 다니신다.

시냇가는 유행처럼 정갈하게 옷을 바꿔 입고 징검다리도 없어졌지만 미안함과 설렘이 함께했던 그곳이 고모 부부를 볼 때마다 떠오른다.

서연수 2000년 제70회 춘향제 백일장 어사상 수상, 2009년 『문예연구』 시 부문 신인상.

해망동 13번 포장마차

채명룡

포장마차는 겨울이 제격입니다. 오늘도 밤이 깊어지듯 포장마차
에 대한 그리움도 깊어만 갑니다. 글 쓰는 사람들에게 요즘은 차가
운 겨울입니다. 모두 다 겪지만 마음이 추운 건 견디기 힘들지요. 나
에겐 '13번집'이 해망동의 또 다른 이름이었습니다.

나의 문청 시절이었던 80년대 후반, 외로웠고 우울했고 피곤했
지요. 그 시절을 돌아보면 겨울은 피할 곳도 없는 '절벽'이었습니다.
눈발이 하늘에서 떨어지는 게 아니라 가로 누워서 옷 틈새를 파고
들던 게 해망동의 겨울날이었습니다.

그 겨울의 복판에서 '글이 써지지 않음을, 시가 되지 않음을' 바람
을 직각으로 넘기며 온몸으로 털어 냈으며, 그러면서도 뭔가를 써
야 한다는 의미를 부여하며 의식을 치르듯이 해망동의 한때를 보내
기도 했지요.

누군들 그런 시절이 없었겠습니까마는 80년대의 해망동 겨울은

내 생에 가장 빛나던 순간

참 외롭고 추웠습니다. 그 견디기 힘든 나의 문청 시절을 함께해 주었던 게 '수맥' 동인입니다. 다 같이 힘든 하루였지만 쓴 소주는 어떻게 질리지도 않게 먹어댔는지, 그 돈은 또 어디서 나왔는지 참 알다가도 모를 일입니다. 그래서 함께 견뎌준 수맥 동인이 그립기도 합니다.

물론 글을 쓴다는 이유로, 마음만은 풍요로웠다고(위안을 삼는 말이지만) 생각하지만 그래도 겨울은 힘겨웠습니다. 힘들 때 곁에 있어 준다는 것만으로도 위안이 되지요. '13번집'의 위안도 대부분 수맥 동인이 함께했습니다.

춥다는 건 피부에 닿은 추위만이 아닙니다. 벌이도 시원치 않은데, 물가는 치솟고 생활비 걱정에 땅이 꺼집니다. 가슴에 스며든 한기가 어디 날씨뿐이겠습니까. 세월의 흔적이 이마의 잔주름이 아닌 굴곡으로 자리 잡아 가는 요즘, 발붙일 곳 없는 '길 위의 나그네'가 된 느낌입니다.

고향 떠나 어디를 가든 따뜻한 홍합 국물 한 그릇과 싱싱한 회 한 접시, 그리고 소주 몇 병을 해치우던 해망동 13번 포장마차가 그리웠습니다. 사람이 바뀐다고 쌓여진 정이 바뀌는 건 아닙니다. 귀 떨어지게 추운 날, 바람이 더욱 기세를 올리는 날엔 종종걸음으로 달려갔던 해망동 그 집을 생각합니다.

문학이 바람에 날리고, 문청 시절의 외침과 고집이 선창 회오리로 날아가던 13번집. 그리고 그 곁에서 늘 발끝을 맞춰 주던 수맥 사람들. 그래서 그 시절은 힘겨웠지만 13번집은 그리운 이름이었습니다.

13번집은 아랫목이었습니다. 발을 동동거리면서 포장을 들추고 들어가면, 엉덩이 닿는 부분에 연탄불을 넣어 뜨끈뜨끈하게 반겨 주었습니다. 물론 지금은 칠십 줄을 넘으셨을 그 시절의 애처롭던 아주머니 또한 나긋나긋했지요.

포장마차는 이야기이자 추억이지요. 그림에 그려지듯 똑같은 게 아닙니다. 13번집에선 홍합 국물과 한잔 소주로 문학을 얘기하고, 시대를 한탄하고, 그런 가운데 불확실한 미래에 대해 묵시적인 동지애가 발휘되었습니다. 동인이라는 이름으로 방향도 목적도 없는 한때의 위기를 함께 견디었고, 그런 시절의 위험과 상처를 온몸으로 부대끼었습니다.

문학은, 시는 말하지 않아도 언제나 안주가 되었고요. 생활의 지겨운 일상은 그 안에선 머물 곳이 없었습니다. 노곤한 하루, 탈출구 없는 일상을 털어 내던 그 시절. 세상 시름을 잠시 접어 두었던 그 포장마차는 이제 추억 속으로 사라져 버렸습니다.

주름 깊어진 살림살이를 어루만지며 사는 일. 그건 글 쓰는 사람으로서 숙명과도 같은 일입니다. 하지만 어려워서가 아니라 이겨 내야 하기에 '겨울나기'라 하지 않습니까.

옷이 두꺼우면 몸이 따뜻할 수는 있지만, 마음까지 덥혀주지는 않습니다. 마음을 따뜻하게 해줄 수 있는 건 너와 나, 그리고 우리들입니다. 30년 전 해망동 군산횟집 앞에 자리 잡았던 13번집은 그런 의미에서 이동 강의실이기도 했습니다.

세상은 추억을 가슴에 묻도록 만듭니다. 군산의 명물이었던 선창가 해물 포장마차는 십수 년 전 위생상의 문제로, 혹은 불법 건축물, 혹은 영업 허가 문제로 모두 사라져 버렸습니다. 물론 마음의 고향처럼 기다리고 고대하던 13번집도 마찬가지였지요.

밤새 수맥 사람들과 시 나부랭이를 주절대던 해망동 13번 포장마차는 80년대를 관통하던 시대의 또 다른 작업실이었고, 지금도 생생한 글줄을 퍼 올리는 내 마음의 고향으로 자리 잡고 있습니다.

채명룡 1990년 『시문학』으로 등단. 시집 『봄봄』, 『시장 소식』.

나를 깨우친 느티나무

이병창

    1982년 봄. 평소 관여하고 있는 의료 봉사 활동 그룹의 현지답사 차 남원군 대산면 운교리를 찾아가게 되었다. 마을 뒤편 풍악산 자락에 자리 잡고 있는 작은 마을을 방문하여 취지를 알리고 참여를 독려하였다. 그때 예사롭지 않은 어른을 만나서 대화를 나누다가 그곳에서 하룻밤 묵게 되었다. 나중에야 알게 되었는데 동광원 수도원과 광주에 있는 사회복지법인 귀일원의 원장이신 정인세 님이었다. 그분과 함께 하룻밤 머물고 내려오는데, 두 분의 어머니들이 배웅하기 위해서 나를 따라 나오셨다. 시내버스 타는 곳이 육안으로 보이는 곳이기 때문에 사양을 했지만 끝내 동행하게 되었다. 말 없이 산 아래 큰 느티나무가 서 있는 승강장까지 걸어와 버스를 기다리는데, 갑자기 거센 소나기가 쏟아져 내렸다. 나는 내 속의 온갖 짜증을 섞어 하늘을 올려다보며 "이런 우산도 없는데……." 하고 화를 냈다. 바로 그때 내 귓전을 울리는 소리가 들려왔다.

"어, 비를 주시네!"

나는 두 분의 입에서 동시에 터져 나온 그 말씀과 그분들의 표정을 바라보는 순간 엄청난 부끄러움의 충격을 받고 말았다. 그날 시내버스는 왜 그렇게 늦게 오는 것인지 참으로 부끄럽고 난감하기만 했다. 그러나 그날 그 순간은 나의 인생을 뒤바꾸는 계기가 되었다. 돌아오는 버스 속에서 나는 수없이 자문했다.

'내가 우산 없는 것하고 소나기 오는 것하고 무슨 상관이 있단 말인가? 나는 왜 화날 일도 아닌 일에 화를 내고 있는가?'

제정신이 들어서 보니 전두환 씨 얼굴만 텔레비전에 나와도 고함을 질러대는 내 모습이 보였다. 내 고함에 놀라고 상처받는 자식들의 눈물겨운 모습까지……. 나는 그때 내가 누구인지 어디에 있는지를 분간하지 못하고 있었다. 5공 시절은 나에게 지옥이었고 절망이었지만 알고 보니 나는 절망할 자격조차 없는 인간이었다. 사실을 사실대로 보지 못하고, 최루탄 연기와 함께 보낸 세월 속에서 나의 상처와 분노 에너지를 정의감으로 오해하고 있었던 것이다.

그 이후 부끄럽지만 그분들의 정체가 궁금하여 용기를 내어 다시 찾아가게 되었다. 나는 그곳에서 여러 분의 스승을 만나는 행운을 만나게 되었다. 인생에서 가장 중요한 것은 스승을 만나는 것이라 생각한다. 그분들을 통하여, 혼란한 시대에 절망하고 있었지만 아무리 강물이 혼탁해 있다 하더라도 그 근원인 옹달샘이 맑게 버티고 있는 한 강물이 정화될 가능성이 남아 있음을 확인하게 되었다. 또한 영혼은 피와 땀과 눈물을 먹고 자란다는 것을 배우게 되었다. 인

생은 ㅁ, ㅂ, ㅍ으로 풀어 가는 지혜가 필요하다는 것, 그러기 위해
서는 '왜?'라는 물음과 '나'가 사라져야 한다는 것을 조금씩 알게 되
었다.

> 새벽 종소리가 아직도 살아남아서
> 어둠의 머리를 쓰다듬는 곳
> 한 생애의 쓰라림을
> 성가 소리에 묻어버린 이들이
> 맑은 눈으로 살아가고 있다.
> 그들은 왜를 묻지 않는다.
> 왜 너는 일하지 않느냐
> 왜 너는 신발을 제대로 놓지 않았느냐
> 왜 너는 독화살을 맞았느냐고
> 묻지 않는다.
> 기도회가 끝이 나도
> 별은 아직 초롱하다.
> 오늘 새벽에도 식구들은
> 저마다의 십자가를 챙겨 들고
> 자기 자리로 돌아가고 있다.

「동광원」

운교리의 느티나무는 아직도 나에게 부끄러움이다. 나의 새로운

시작은 그 부끄러움에서 시작되었다. 그러나 돌아보면 오늘도 나는 여전히 부끄럽고 눈물만 나온다. 그것은 아직도 내가 벗지 못한 부끄러움이 크기 때문이요, 나에게 이르는 갈 길이 멀기 때문이다. 하지만 거울처럼 나의 부끄러움을 보여주시고 사랑으로 지켜보시는 분들이 있어 먼발치에서나마 하느님의 뒷모습이라도 따라가고자 하는 열망을 유지하고 있는 것이리라.

앞에서 언급한 ㅁ, ㅂ, ㅍ에 대하여 설명하고자 이제는 고인이 된 오북환 님과의 일화를 적은 시 한 수를 소개한다.

저녁 9시만 되면
땡전 뉴스가 세상을 희롱할 때
나는 견디다 못해
산에 계신 선생님을 찾아갔다.
나는 숨만 가쁘고
작은 방 안에는 침묵만이 흘러갔다.

"ㅁ, ㅂ, ㅍ으로 풀으셔."
"그게 무슨 말씀이십니까?"
"단단한 떡을 입안에
물고 있으면 불려지고
불려지면 풀어지겠지요."
그때 내 절망의 구름 사이로

빛이 보였다.

"단단한 떡을 성질대로 깨물어 버리면

이빨 상하고 떡은 떡대로

못 먹게 되겠지요.

입안에 물고만 있으면 반드시 풀어집니다."

아하, 이거였구나

권력의 하루살이들을 두려워할

이유가 없는 것이로구나

나는 큰절 올리고 산을 내려왔다.

세상사 ㅁ, ㅂ, ㅍ.

ㅁ, ㅂ, ㅍ.

그때 앞산이 나를 보고 웃고 있었다.

「ㅁ, ㅂ, ㅍ」

이병창 『문학과 의식』 신인상 수상. 시집 『나의 하느님이 물에 젖고 있다』, 『메리 붓다마스』, 『농산촌유학 살림보고서』.

반짝반짝 빛나는

장은영

　사람은 누구나 마음 깊숙한 곳에 간직한 소중한 기억들이 있다. 힘들고 외로울 때마다 기억을 꺼내 펼치면 순간 그 속으로 빠져들어 미소 짓게 하는. 나한테도 그런 아름다운 순간이 있다.

　내가 열 살 무렵부터 엄마는 방학이 되자마자 나를 완행버스에 태워 외갓집으로 보냈다. 병치레가 잦았던 동생들을 돌보느라 늘 동동거리던 엄마는 방학 때만이라도 손을 덜고 싶은 마음이었을 것이다. 엄마가 그리워하던 '정동'으로 가는 버스에 오르면 나는 열이면 열 멀미에 시달렸다. 버스는 비포장 시골길을 달리느라 롤러코스트를 탔고, 나는 울렁거리는 속 때문에 하얗게 떠서 버스에서 내릴 때쯤이면 다리가 풀리곤 했다. 하지만 외갓집으로 향하는 길에는 봐야 할 것들이 수두룩했다. 탱자나무에 여치가 있는지, 앞산 감나무엔 감이 많이 달렸는지, 길가 교회에 아이들이 있는지, 술 공장 딸 경옥이는 집에 있는지, 알고 싶고 챙겨야 할 것도 많았다.

외갓집에 도착해 육중한 나무 문을 밀면 끼이익 소리를 냈는데 소리가 나자마자 이모와 할머니가 달려 나와 나를 안아주었다. 막냇삼촌은 나를 약 올리는 재미에 히죽거리고 아랫집 할아버지는 "꿩꿩 장 서방, 무얼 먹고 사는가."라고 놀렸다. 내가 삐치면 꼬리표 붙여 집으로 보내 버린다고 해서 기어이 나를 울렸다.

한번은 할머니가 동그란 덕석 위에서 콩 타작을 하고 있었다. 할머니가 막대기로 콩을 치면 꼬투리에서 콩들이 튕겨 나왔다. 리듬감 있게 콩을 두드리는 모습이 하도 재미있어 보여 나는 할머니를 졸라 막대기를 넘겨받았다. 막상 해 보니 막대기는 무겁고 콩을 내리치는 게 힘들고 어려웠다. 못 하겠다고 말하려는 순간, 할머니가 웃으며 나를 보았다.

"우리 은영이는 뭘 해도 잘헌당게. 마음만 먹었다 하면 뭐든지 다 혀."

할머니의 말에 나는 막대기를 내려놓지 못하고 있는 힘을 다해 콩을 두드려댔다.

중학교에 가고 타지로 고등학교 입학을 하면서 외갓집에 가는 횟수는 줄었지만 할머니의 말은 내 마음속에 또렷이 남았다. 할머니의 전폭적인 믿음은 어려울 때마다 주문처럼 나를 일으켰다. 얼굴에 주름이 자글자글한 할머니가 고개를 끄덕이며 내게 해 주신 마법 같은 말이 나를 잡아 주고 버티게 했다. 나는 할머니를 생각하고 할머니의 말을 되새기며 한 걸음 한 걸음 앞으로 나아갔다. 지금도 여전히 할머니의 믿음은 나를 키우고 성장하게 하리란 걸 믿는다.

나이가 들수록 할머니가 그립다. 겨울이면 쇠죽 끓이던 방에 눕히고 고뿔 든다고 이불을 꽁꽁 싸매 주던 할머니, 막냇삼촌이 속 썩일 때마다 "호랭이 물어갈 놈"이라고 잔소리하던 할머니, 내 마음의 고향을 선물해준 할머니의 품에 안겨 어리광 부리고 싶다. 저녁이면 밥상을 물리고 앉아 춤추고 노래하라며 아낌없이 박수를 보내주던 할머니가 보고 싶다.

하늘에서 이런 나를 지켜보며 할머니는 뭐라고 하실까? 아마도 잘하고 있다고 칭찬부터 하실 것 같다. 그리고 여전히 나는 너를 믿는다고 말할 것이다. 나는 오늘도 할머니를 생각하며 또 하루를 시작한다.

장은영 2009년 「전북일보」 신춘문예 동화 당선. 장편동화 『마음을 배달하는 아이』.

진안 죽도

차선우

그해 여름은 무척 더웠다. 가만히 있어도 뜨겁고 끈적한 대기가 살갗에 달라붙었다. 가만히 있어도 살갗에서 물기가 새어 나왔다. 모 회사의 대리점을 했던 우리는 휴가를 가기로 했다. 몇 년 전부터 그랬듯이 직원 가족들과 함께.

"진안에 가면 죽도라고 있는데 거기가 경치도 좋고 물도 깊지 않아서 애들 놀기도 좋아요."

한 직원이 강력하게 추천했다. 이의가 없었으므로 장소가 결정되었다. 그 직원이 덧붙였다.

"그런데 가려면 부루스타 같은 것 말고 아예 가스통을 들고 가야 돼요."

어떤 가스통? 가정에서 쓰는 그 LPG 가스통? 그런 걸 어떻게 들고 가냐? 그리고 가스레인지도 있어야 하잖아. 여럿이 부정적인 질문을 퍼부어대자 그가 대꾸했다.

"우리 집에 여유로 가스통과 가스레인지가 있으니까 가져갈게요. 그리고 지금 장정이 몇인데 드는 것을 걱정해요?"

그 말은 일리가 있었다. 직원들은 네 명이었고 모두 이십 중후반에서 삼십 중반이었다. 사장인 남편마저 삼십 후반이었다. 자신의 의견을 계속 관철시킨 그 직원이 차분하고 의기양양하게 말했다.

"그리고 그런 데는 닭도 생닭을 가지고 가서 잡아먹으면 훨씬 맛있어요."

휴가 날, 우리는 가게 앞에 집결했다가 나란히 길을 떠났다. 죽도를 추천한 직원의 차가 선두에 섰다. 결혼을 하지 않은 직원은 여자 친구를 데려왔다.

한 시간 정도 달렸을까, 남자들끼리 전화를 주고받더니 남편이 어딘가에 차를 세웠다. 밖에 나갔다 한참 뒤에 돌아와서는 진안 장에 가서 살아 있는 닭을 다섯 마리 사서 트렁크에 실었다고 말했다. 우리는 다시 길을 달렸다. 마침내 목적지에 도착한 것 같았다. 남편이 차를 세웠다.

저기, 라고 직원이 가리킨 손끝에는 맑은 물줄기가 고즈넉하게 흐르고 있었다. 냇가 주변에는 모래사장이 있고 주변 경치도 나쁘지 않았다. 그런데 결정적인 흠이 보였다. 그곳에 나무나 어떤 구조물이 없다는 것이었다. 쩔쩔 끓는 태양을 온몸으로 받아내야 된다는 것이었다. 약간 실망스러웠지만 되돌아 갈 수도 없었다. 나는 짐을 들고 사람들을 따라 발걸음을 옮겼다. 몇 번에 걸쳐 뚝방 위와 아래를 오르내리며 냇가에 자리를 잡았다. 겨우 삼십여 분 지났을 뿐인데 트렁크 속의 닭은 모두 숨겨 있었다. 혀를 호사시키겠다고 고생만 사 온 셈이었다.

남자들이 땀을 흘리며 텐트를 치고 그늘막을 쳤다. 여자들도 짐을 풀었다. 아이들은 옷을 갈아입지도 않고 물속으로 뛰어들어 갔다. 텐트를 다 친 남자들이 가스레인지를 연결하고 물을 끓여 닭의 털을 뽑고 내장을 손질했다. 늦둥이를 임신한, 팔 개월 차의 부른 배를 안은 내가 다른 직원의 부인과 함께 큰 양은솥에 그것을 끓였다. 태양은 모닥불처럼 타올랐다. 우리는 온통 땀으로 젖었다. 도시에서라면 한 방울의 땀도 경계했겠지만 우리는 신경 쓰지 않았다.

식사를 마친 아이들은 뙤약볕 아래서 물놀이를 하고 어른들은 같이 물놀이를 하거나 번갈아가며 냇물에 투망을 했다. 이건 꺽지다, 피라미다, 모래무지다 하며 간간이 그물에 걸려온 작은 물고기들을 경탄하며 바라보았다. 열심히 웃고 놀다 배고파지면 먹고 배부르면 물속에서 아니면 물 밖에서 놀았다. 피곤하면 그늘막 아래에서 쉬었다.

태양의 열기가 수그러들 무렵 벌겋게 익은 얼굴들이 둘러앉아 고기를 구웠다. 기분 좋게 식사를 마치고 각자 텐트로 들어갔다. 아이의 얼굴에 로션을 발라주고 옷을 갈아입혔다. 그때 텐트 위로 비가 떨어지기 시작했다. 한차례 지나갈 소나기는 아닌 듯이 보였다. 곧 냇물이 불 터이고 그 물은 잠든 동안 우리를 어디로 끌고 갈지 모를 일이었다. 이대로 철수하는 것도 아쉬웠다.

우리는 빗속에 가스통과 가스레인지, 음식물이 든 아이스박스들을 뚝방 위로 옮겼다. 더러 미끄러지거나 엎어지면서 텐트와 짐들을 옮겼다. 아이들도 제 손에 맞는 것들을 들고 열심히 뚝방을 오르내렸다. 한바탕 소동 끝에 우리는 짐을 다 옮겼다. 뚝방 위에 텐트들을 다시 세웠다.

옷을 갈아입은 남자들은 곧 민속화에 심취했다. 아이들은 랜턴을 가지고 귀신 장난을 하며 놀았고, 여자들은 민속화의 활기찬 이동을 구경하다 자리를 옮겨 삶의 이런저런 애환과 기쁨을 얘기했다. 가족을 위해 금이 간 수박을 쪼개고 모래가 박힌 복숭아를 썰었다. 맥주와 음료와 과자를 날랐다. 비는 계속 텐트 위를 때렸다. 간혹 바람이 텐트를 심하게 흔들었지만 목숨을 위협할 정도는 아니었다.

다음 날은 언제 그랬느냐는 듯이 해가 났다. 우리는 밥을 먹고 다시 냇가로 가서 물놀이를 하고 공놀이를 하고 물고기를 잡았다. 이런저런 게임을 하거나 웃고 떠들었다. 잡은 물고기를 넣고 라면을 끓이고 호박찌개를 끓였다. 땀을 흘리며 그것들을 먹었다. 그곳엔 까다로운 고객도 매출을 종용하는 회사사람도 없었다. 심지어 다른 휴양객조차 하나 없었다. 그렇게 넓고 호젓한 곳에서 우리는 뜨겁고 유쾌한 이박 삼일을 보냈다.

그 후 우리는 업종을 바꿨고 직원들은 독립했다. 이십여 년 전에 있었던 일이다.

요즘 젊은 사람들 사이에서 다시 캠핑 붐이 일고 있다. TV에서 보는 그들의 고급스러운 캠핑 장비를 보면 격세지감과 동시에 그때의 휴가가 떠오른다. 투박하고 거칠면서도 즐거웠던……

진안 죽도에는 고생을 고생인 줄 모르고, 미래는 희망과 동의어
였던 내 젊은 시절의 한때가 고스란히 살아 숨 쉬고 있다.

차선우 2011년 『내일을 여는 작가』로 등단. 소설집 『우리는 많은 것을 땅에 묻는다』.

타박길

최자웅

내 고향 전주에는 전주천이 있다. 지금도 전주천은 서녘으로 유장하게 흐르고 있지만 예전과는 풍경이 사뭇 달라졌다.

삼십 대 초반에 펴냈던 첫 시집에서 나는 유년의 고향 풍경에 대한 그리움을 「진북동」이라는 장시로 담은 바 있었다. 어린 날, 나는 진북동에 살았다. 진북동에서 고사동에 있는 전주국민학교를 3학년이 저물 무렵까지 다녔다. 전주에서 가장 유구한 역사를 지닌 전주국민학교는 당시 무려 5천 명의 학생이 공부하고 있었다. 그리고 나에게 무수한 그리움과 추억을 간직한 유년기와 소년기의 고향 풍경 중에서 가장 가슴 따뜻하고 근원적으로 다가오는 곳의 하나가 바로 전주천변, 뚝길이다.

등·하굣길에 소년이 타박타박 걷던 그 하얀 길은 적막하면서도 어린 가슴에 신비로운 근원적 존재와 그리움을 피워 내던 길이었다. 그 하얀 목마름의 먼 길, 봄 여름 가을의 길…….

그 길은 내 마음의 보석 같은 길이었기에 첫사랑을 할 때 나는 그
녀와 함께 그 길을 걷고 싶어 했다. 그 당시 전주는 지금처럼 전기
가 많이 들어오고 불빛이 명멸하는 곳이 아니었기에 전주천변은 연
인들이 산책을 하거나 사랑의 행위를 나누기에도 적당한 어둠과 자
연의 분위기를 갖춘 장소였다.

그 길을 나는 대학 시절에 첫사랑과 함께 행복한 시선과 달콤한
밀어를 나누며 걸은 추억이 있다. 석양 무렵에 전주천 뚝방길을 그
녀와 함께 걸었던 기억은 아직도 내 가슴속에 살아 있지만 그녀와
의 첫사랑은 애달프게도 이루어지지 않았다. 샤를 보들레르의 시구
처럼 지나가버린 기차는 얼마나 슬프고 아름다운가!

첫사랑은 나보다 한 살 나이가 많았고 국민학교 선배이기도 했
다. 5천 명의 학생들과 선생님들 사이에서 예쁜 소녀로 불리며 그
의 부친이 전직 지사를 지낸 딸로도 유명했다. 당연하게도 국민학
교 시절의 그녀는 내가 도달할 수 없는 먼 신데렐라 같은 존재였다.
그러다 내가 대학을 다니던 때, 바로 그녀와 비록 이루어지지는 못
했지만 열병과도 같은 첫사랑을 나누었던 것이다. 그녀가 떠나가던
오월은 죽음의 달이었다.

소년에게 전주천변 길을 걸어서 진북동 집으로 가는 길은 멀고도
멀었다. 당시 전주의 변두리 지역이던 진북동에는 종방이라고 부르
던 지금의 삼양사 제사공장과 간이 군용 비행장과 군부대까지 있었
다. 어린 나는 6·25전쟁으로 인하여 졸지에 아버지와 어머니를 잃

고 할아버지와 양할머니의 손에 성장하게 되었다. 내 유년의 뜨락은 노송동이라고 하는데, 그때의 기억은 너무도 어렸기에 전혀 떠오르지 않는다. 서너 살 때부터 진북동에서 커 가던 기억들은 비교적 선명하게 나의 뇌리에 남아 있다. 진북동은 어린 나에게는 전주의 중심부에서 너무도 먼 외곽이었다. 나중에 진북동을 떠날 무렵에는 전기가 들어왔지만, 나의 진북동 시절에는 밤에는 이른바 남포로 불리던 램프의 등피 속 심지를 돋우어 어둠을 밝히곤 했다.

유년기와 소년기 나의 삶에는 두 개의 동네가 있었다. 전주국민학교에서 비교적 가깝고 전주의 중심부에서도 가까웠던 큰아버지가 살던 서인동과, 내가 할아버지와 엄마로 부르던 양할머니와 함께 기거하던 변두리 진북동이었다. 두 동네는 문명과 자연에서 엄청난 차이가 있던 너무도 다른 동네였다. 큰아버지는 돌아가신 나의 아버지와 불과 열 달 차이였는데, 그래서 국민학교도 동급생으로 같이 다니고 전북의 명문인 오년제 전주북중도 동급생으로 같이 다니셨던 형제이자 친구였다고 한다. 비교적 뼈대 있는 가문으로 알려진 우리 집안에서는 두 형제의 인물 됨됨이에서 동생이 형과는 비교가 아니 되게 비범했다는 평가가 있다. 물론 그렇다고 형이 못난 것은 아니었고 공부도 누구 못지않게 잘하고 명석했지만, 상대적으로 나의 아버지가 더 똑똑하고 주변 사람들을 아끼고 포용하면서 따뜻한 인간미를 발휘했다고 한다. 공부도 잘해서 형이 실패한 동경 유학을 아우인 우리 아버지는 거뜬히 해냈다고 한다.

그러나 비극적인 전쟁은 주변에서 큰 기대를 하던 '인물'이었던 아버지를 삼십 대 초반의 꽃다운 나이에 거두어 갔다. 그리고 일제하 군산고녀의 전설적인 수재로 일본인 학생들을 압도하며 촉망을 받던 어머니 — 어머니께서 하이쿠로도 높은 평가를 받으셨다고 했다. — 까지도 이십 대의 고개를 넘기지 못하고 아버지 곁으로 가버리셨다. 이 같은 비극이 나로 하여금 시와 혁명과 구원의 길로 이끌었는지도 모른다.

큰아버지는 도청의 계장부터 시작해서 과장, 군수, 시장을 역임하면서 나름대로 성실하고 행복한 삶을 살아가신 듯하다. 어렸던 나에게 큰아버지와 큰어머니가 살던 서인동 집은 늘 부러운 세계였다. 그 서인동 집에는 내가 누나라고 평생을 부르기는 했지만 실제로는 생일이 불과 두세 달 앞인 내 또래의 소녀가 공주처럼 살아가고 있었다. 그녀는 피아노를 배웠고 생일날에는 학교 선생님들을 불러서 공주의 생일처럼 잔치를 하는 것을 나와는 전혀 관계없는 딴 세상처럼 보아야만 했다. 서인동 집에는 늘 큰아버지와 큰어머니의 생기가 감돌았다. 전후의 피폐하고 가난했던 시절에 도청의 간부급 직원으로서 경제적 여유도 있었다. 명절에는 선물도 줄을 이었다. 나에게는 정말 다른 세계였다.

나는 국민학교 3학년을 마칠 때까지 전깃불도 제대로 들어오지 않는 진북동에서 늙으신 할아버지와 생계를 위해 때로는 먼 타지를 다녀오면서 이른바 야매 담배 장사도 하던 할머니와 함께 어려운 삶을 살았다. 그럼에도 일찍이 일본과 중국을 유학하신 개화한 선비였던 할아버지의 가르침 덕분인지 나는 일등도 도맡아 하고 늘

반장에 뽑혔다. 그래도 나는 그 시절에 늘 가슴 한편이 허전했다. 그래서 소년은 굳이 멀고 먼 타박길, 그 적막했던 천변길을 걷곤 했던 것이다.

최자웅 시집 『그대여, 이 슬프고 어두운 예토에서』, 『겨울늑대-어네스토 체 게바라의 추상』.

살구나무 집 툇마루의 가을

유수경

    하늘이 몹시 맑았다. 투명하게 휘감긴 구름이 샛강을 저어가는 한 무리의 새들을 비껴가고 있었다. 버스에서 내린 나는 쏜살같이 달아나는 버스 꽁무니를 한참 바라보았다. 눈앞에 마주한 모든 풍경들이 낯설었다. 잠시 머뭇거리다 주머니 속 구겨진 종이 한 장을 꺼냈다. 내가 머물러야 할 곳, 부안군 마포리 큰 살구나무 집 주소가 적혀 있다.

    마을로 들어서자 저 멀리 야트막한 산이 보인다. 그 아래 듬성듬성 집들이 가지런히 놓인 길을 따라 큰 살구나무 집에 도착했다. 그 흔한 싸리나무 대문도 없는 집이다. 담장 옆에 호랑가시나무 붉은 열매가 한창이다. 제법 넓은 마당에 한옥과 양옥 중간쯤 되는 집 한 채가 낮게 들어앉아 있다.

    버스에서 내릴 때부터 움찔움찔 아파오던 두통이 초 단위로 온몸을 헤집고 다녔다. 짐 보따리를 내려놓고 툇마루에 앉았다. 마당 한

편에서 타닥타닥 콩알 튕겨 나가는 소리가 들린다. 그 옆으로 네다섯 평쯤 돼 보이는 고구마 밭이 있다. 딱히 밭이라고 할 것도 없지만 가지런하다. 마당 한가운데에 펌프 식 두레박 우물이 있다. 순간 이게 뭐지? 싶었다. 이때만 해도 저 우물이 가져다줄 고난을 짐작하지 못했다. 툇마루에 앉아 한참을 이 심란한 상황을 정리하느라 애를 썼다. 이곳에서 얼마나 버틸 수 있을까, 헤아리며 해 질 무렵까지 꼼짝하지 않았다.

그해 나는 서른을 바라보고 있었다. 시를 붙잡고 산 몇 년의 세월과 서울살이로 떠돌던 몇 년이 이십 대의 전부였다. 가끔 간절히 이루고 싶은 것들이 존재하기나 할까 의심하며 살아온 날들이었다. 어떤 날은 불안하기 짝이 없는 젊음이 거추장스러워 삼십 대를 꿈꾸었고 그것이 잠시의 위안이었다. 그러나 부모 입장에선 제 밥벌이도 못 하면서 세월만 축내는 꼴이니 폭폭할 노릇이었을 것이다. 엄마와 나의 갈등은 해가 갈수록 골이 깊어졌다. 글은 나의 도피처였을 뿐 밥벌이도 미래도 되지 못했다. 나는 휴전이 필요했고 시의 끝을 봐야 했다. 밤을 지새우며 시를 쓰는 내 치열이 진정 나의 것이었는지, 아니면 살겠다고 몸부림치는 처절한 내 몸짓이었는지 봐야 했다. 그렇게 나는 지상의 끝에 서 있었다.

산마루에 걸쳐 있던 해가 숲의 길로 사라지고 사방으로 어둠이 깃들었다. 내게 기꺼이 방을 내어준 후배 시인은 연락이 없다. 대문도 없고 밤은 이르게 찾아드는 낯선 방에서 숟가락으로 방문을 걸어 잠근 채 이틀 밤을 뜬눈으로 새웠다. 실체 없는 두려움과 싸우며 지낸 이틀은 너무도 길었다. 사흘째 되던 날 후배 시인이 왔다. 밤이 되자 이 마을 가정어린이집 교사를 하는 옆방 언니도 딸아이와 함께 왔다. 생각해 보니 추석 연휴였다. 이렇게 살구나무 집에서 여자 넷이 각기 다른 듯 같은 길을 내며 길지 않은 시간을 살았다.

아침에 눈을 뜨면 창호지 사이로 햇살이 저미듯 들어왔다. 그 순간을 놓칠세라 가을 내 툇마루에 앉아 볕을 쬐었다. 내 인생에서 가장 평화로운 날들이었다. 당장 먹고살 일을 생각해야 했지만 아무 대책 없이 딱 한 달을 그렇게 지냈다. 내가 세상 시름을 내려놓고 가을볕을 쬐고 있는 사이 마을 전체가 가을걷이로 분주했다. 후배 시인은 일주일에 한두 번 전주로 아이들 글쓰기 지도를 나갔다.

우린 외부와의 소통을 위해 다이얼 전화기를 들이고 다가올 겨울을 대비해 방구들을 손봤다. 그리고 가을이 막바지에 이르렀을 때 산 밑에 일군 노란 고구마를 캤다. 일찌감치 마포리에 들어온 후배 시인이 봄부터 틈틈이 일군 밭이었다. 도시 촌년인 나는 서툰 호미질로 온몸에 흙을 묻히며 야단법석을 떨었다. 몇 시간 동안 캔 고구마는 큰 항아리를 가득 채우고도 넘쳐 일용한 양식이 되기에 충분했다. 며칠 후 동네 젊은 농부가 유기농으로 키운 감자를 캐러 갔다. 일손이 부족한 농촌이라 나 같은 생 초짜의 일손도 필요했다. 후배 시인의 쟁기 손처럼 빠른 호미질은 한참 뒤에서 낑낑대는 내겐 경이로울 뿐이었다. 그날 밤 품삯으로 받아온 감자를 쪄서 어찌나 맛나게 먹었는지 모른다.

하루는 마루에 우두커니 앉아 있다 마당을 느릿느릿 걷고 있는 사마귀와 눈이 마주쳤다. 그 순간 어찌나 놀랐는지 후다닥 마루 위로 올라가 사마귀의 동향을 살폈다. 사마귀는 이내 풀밭으로 사라졌지만 교미를 할 때 수컷을 잡아먹는 암 사마귀 얘기가 떠올라 몸서리를 쳤다. 자연에서 순리대로 사는 다른 개체에 대한 낯섦과 두려움은 그곳을 떠나올 때도 내 극복의 대상이었다.

겨울이 코앞이었다. 가을걷이가 끝난 들판은 습한 호흡을 하며 겨울 날 차비를 시작했다. 후배 시인과 나는 동네 이곳저곳을 다니며 일손을 도왔고 새벽으로 시를 썼다. 삶의 마디마디에서 일궈낸 언어는 시를 쓰는 동안 단단히 얽힌 씨줄 날줄처럼 팽팽한 긴장을 주었다. 가끔 시에 대해 얘기를 나눌 때면 글 쓰는 일에 대한 숭고함을 확인하곤 했는데 그 순수의 시대가 지금도 내 안에 여전한지 되묻게 된다.

늦가을, 옆방 언니가 딸아이와 함께 가정어린이집으로 이사를 갔다. 어린 딸과 살기엔 집이 너무 추웠다. 두 달 가까이 아이와 정을 나눈 터라 아쉬움도 있었지만 지척에 있어 자주 볼 수 있었다. 그러나 사람이 떠난 자리는 쓸쓸한 흔적을 남겼다. 오다가다 마주칠 만큼 지척에 있었지만 그 빈자리는 냉골이었다. 살구나무 집에 남은 우리의 겨울 서막은 암담했다. 새벽으로 서리가 몇 번 내린 후 골골대던 우물 펌프가 고장이 났다. 수리비가 너무 비싸 엄두가 나지 않았다. 물을 길어 올릴 수가 없어 후배 시인과 나는 옆집에서 물을 얻어와 밥을 짓고 겨우 양치질을 했다. 얼굴을 씻는 것은 사치였다. 그도 아니면 아는 집에 가서 밥을 얻어먹곤 했다. 구들장도 속을 썩였다. 새 연탄을 갈아도 도무지 온기가 없었다.

그 무렵 우리는 겨우살이를 위해 읍내 김 공장에 취직을 했다. 12시간 2교대였다. 따로 쉬는 날이 없었다. 바람이 심하게 불어 김 채취를 못 하면 쉬었다. 날이 어정쩡할 때는 대기 중이었다가 김 공장 사장님이 전화를 하면 출근을 했다. 겨울이 깊어졌고 우리의 노동은 시를 생각할 틈을 주지 않았다. 젊은 처자들이 감당하기엔 12시간의 노동은 정서적 결핍은 물론 육체적 피로도 엄청났다.

치열하게 시와 한판 붙어보겠다고 책을 읽고 시를 쓰던 날들이 멀어져 갔다. 그녀와 나는 점점 말수가 줄어들었다. 마른 바람이 휘몰아치는 날에도, 함박눈이 쏟아지는 날에도 어둠을 헤치며 김 공장으로 향했다. 우린 쓰려져 잠들어 자명종 소리와 함께 하루를 시작하면서 처절한 노동과 밥을 생각했는지도 모른다. 삶의 무게가 짓누르지 않았던 혼자였을 때조차도 밥벌이에 대한 시름을 떨칠 수 없었다. 그렇게 시와 노동, 밥을 고민하던 시절이었다. 그 짧은 가을과 겨울 사이에 우린 많은 생각으로 성숙해졌다.

바람이 한결 살가웠다. 버스를 기다리면서 처음 이 마을과 마주했던 풍경들이 눈에 들어왔다. 이 낯설지 않음이 한 묶음의 시가 될 수 있을까 집으로 되돌아가는 길은 그리 절망스럽지 않았다. 이후의 삶은 이전과는 사뭇 달랐지만 인생에서 선택할 수 있는 몇 안 되는 낯선 선택이 마포리의 가을이었다. 나는 여전히 글을 쓰고 있고, 그 가을날 처절하게 마주했던 시들을 내 삶의 고비 고비마다 걸어 놓는다.

유수경 1992년 『현대시학』으로 등단. 시집 『갈꽃 스러지는 우리의 이별은』, 동화 『한나의 방울토마토』, 『못 찾겠다 꾀꼬리』, 『봉남이의 봄』, 『소낙비 내리던 날』.

내 생에 가장 빛나던 순간

고래

장용수

부안

길이 사라진 곳에 바다가 있었다. 길이 끝나고 바다가 시작되면 뒤돌아서야 하는 걸까? 바다를 피하지 않고 마침내 바다로 돌아간 거대한 동물도 있지 않은가? 어떤 환멸 때문에 고래는 육지에서 가장 큰 포유류의 왕관을 미련 없이 벗어던지고 바다로 돌아갔을까? 길은 바다를 동경하며 파도의 결을 따라 이어진다. 바다를 멀찍이 두었다가도 바투 파도의 결을 따라 다가섰다가 차마 물러서며 길은 이어진다. 부안의 마실길이다.

마실길을 걷다 보면 문득 핏빛 일몰과 대면하게 된다. 핏빛으로 장엄하게 전사하는 시간의 풍경. 황홀하고 상쾌하면서도 서늘한 소멸. 몸을 가진 것들은 이 소멸에서 벗어날 수 없다. 하니 소멸은 누구에게나 공평하다. 대학교수이면서 정치를 넘보는 욕망을 문학으로 미화하는 지독한 나르시시스트들과 그런 그를 동경하는 허접쓰

내 생에 가장 빛나던 순간

레기들에게도, 고적한 산사에 스스로를 가두고 농밀한 시간의 분말을 무위의 잔에 담았다가 퍼내는 일을 반복하는 자에게도, 늘 남의 눈치를 보며 시간을 타성과 습관의 관성에 동태처럼 말리고 있는 자들에게도 일몰은 공평하게 내려진다고, 바다를 따라 바다를 동경하며 이어지는 마실길을 걸으며 나는 생각한다.

일몰이 진행되고 있는 바닷가에서 찰나는 일생과도 같다. 그 시간의 밀도는 비릿하면서도 씁쓸한 어류의 쓸개 맛인데 뒷맛은 어쩐지 달콤하게 늘어졌다가 사라진다.

구자라트의 듀

인도 서쪽 끝 해변에서 아라비아로 떨어지는 일몰을 보던 삼십 대의 나. 세상에 대해서는 이미 알 만큼은 알아버렸고 모르는 것들은 더 이상 궁금하지 않았다. 하니 미련 없이 바다로 돌아가지 않으면 나머지는 치욕스러울 것이라는 것쯤은 알았다. 애초에 걸을 만큼 걷다가 문득 사라져버릴 작정으로 시작한 여행이었다. 아메바의 크기로 육지에 올라와 가장 큰 포유동물이 되었으나 미련 없이 바다로 돌아간 고래. 하지만 나는 전설 따위는 만들지도 못했을 뿐만 아니라 옆집 똥개도 코웃음 치는 삼류 소설가에 불과했다. 치욕을 견디며 살다 보면 해가 뜨는 날이 올지도 모른다는 미련이 스멀스멀 목울대를 타고 올랐다.

마르사 마트루흐

이집트는 광막한 사막으로 뒤덮여 있었다. 사막, 모든 욕망을 소진한 후에야 도달할 수 있을 것 같은 적멸만이 가득한 땅. 강렬한 태양이 하얗게 사막을 달구며 공평한 소멸의 섭리를 따갑게 가르치는 땅. 그 사막의 서쪽에 축복처럼 옥빛 지중해가 펼쳐져 있다. 고요하게 일렁거리고 있는 코발트빛 지중해. 지중해 바닷물에 손이라도 담그면 금세 파랗게 물들어버릴 것만 같았다. 광활하고 건조한 황갈색 사막의 끝에 이토록 짙푸른 바다가 일렁이고 있는 것이다. 소멸의 사막이 극진하게 가닿은 곳에 생성을 가장한 짙푸른 절망의 바다가 꿈틀거리고 있는 것이다. 그 사막과 바다가 만나는 이집트의 북서쪽 끝에 마르사 마트루흐가 있었다. 마르사 마트루흐 앞으로 펼쳐져 있는 지중해를 오래 바라다보고 있으면 문득, 암녹색 수심 속으로 저벅저벅 걸어 들어가고 싶은 열망이 일어섰다.

지중해 바다가 내려다보이는 오래된 모텔에서 일주일을 묵었다. 나는 그곳에서 짠맛과 단맛을 좋아하는 이집트 사람들에게 한국어를 가르치며 받은 상처를 고요하게 치유했다. "인샤알라!" 신의 섭리를 체념처럼 받아들이는 사람들, 자신들의 조상이 피라미드를 만들었으므로 자신들이 여태도 세상에서 가장 뛰어난 민족이라는 소박한 믿음을 가지고 있는 사람들, 낙타같이 순한 눈동자를 끔벅이며 시간의 결을 더디게 헤아리는 사람들.

"선생님, 이집트를 떠나지 않으면 안 돼요?"

미래를 향해 겁 없이 열려 있는 소녀의 열망, 그러나 나는 뒤돌아

섰다. 그리고 이집트 사막의 먼지바람 속을 걷다가 문득 사라져 버려도 무방하겠다고 생각했다. 그러나 습관과 타성에 젖은 일상으로 돌아오고 말았다. 40대의 습관은 아교처럼 안전하고 폭력적이어서 눈 깜박할 사이에 자신을 망쳐 놓는 것이다.

다시 부안

마음이 어지러운 날에는 부안 마실길을 걷는다. 저 먼 바다에 고래가 살고 있다고 생각하면 한결 위안이 된다. 인도인들은 바라나시 강가의 물결이 이생과 다음 생을 이어준다고 믿는다. 시간을 초월한 강, 하니 인도인들은 인간이 죽으면 화장을 한 후 그 재를 강가에 버린다. 물에서 나온 것이 다시 물로 돌아가는 것이다. 티베트인들은 아기들과 죄 없는 자들은 수장을 해서 다시 태어나기를 기원한다. 그래서 그들은 물고기조차 먹지 않는다. 그 생성과 소멸이 만나는 물결 속에서 고래가 살고 있는 것이다.

장용수 교육학 박사. 소설을 쓰면서 외국인을 위한 한국어교육을 연구하고 있다.

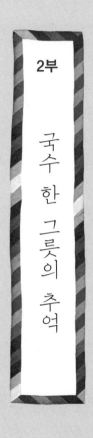

2부

국수 한 그릇의 추억

뚝너머

박두규

'뚝너머'는 '철둑 너머'의 준말이다. 아니, 십 대에는 '절대 넘어가서는 안 되는 곳'이라는 뜻의 명사였고 이십 대에는 '늘 넘어가고 싶은 곳'이라는 뜻으로 해석되던 곳이었다. 어쨌거나 사람들은 그 당시 전주역(지금은 시청이 들어서 있던가?)의 철둑길 너머에 있던 여인숙 골목을 '뚝너머'라고 불렀다.

나는 그때만 해도 여인숙은 '여인들과 자는 곳'이라는 뜻이라고 철석같이 믿고 있었다. 왜냐하면 뚝너머의 여인숙에 가면 진짜로 여자들과 잘 수 있었으니까. 하지만 그건 결코 쉬운 일은 아니었다. 그때 시내버스비가 얼마였을까? 아마 100원도 되지 않았을 것이다. 그런데 뚝너머에 가서 하룻밤을 자는 것도 아니고 30분 정도 머물다 오는 데 무려 3천 원(사실 이 액수에 대한 기억도 정확한지 모르겠다)이라는 거금이 있어야 했기 때문이다.

게다가 그 당시 우리는(나만 그랬나?) 결혼하기 전에는 말하자면

내 생에 가장 빛나던 순간

여염집 여자와 자면 안 된다는 그릇된 윤리의식을, 아니 자는 건 거의 범죄 수준의 무엇인지만 알고 살았다. 그래서 뚝너머에 가서 돈을 주고 여자와 잔다는 것은 대단히 윤리적이고 범죄를 저지르지 않는 떳떳한(?) 짓이라고 생각했다. 아랫도리가 무거워 걷기조차 버거운 이십 대에 뚝너머는 사실 당시 나를 구원해준 경전과도 같은 무엇이었다.

　그 대학 시절에는 달랑 왕복 시내버스비만 가지고 학교를 다녔고 그것도 없을 때는 땀 쭉쭉 흘리며 그냥 걸어서 다니기도 하던 시절이었다. 집에 가는 것은 버스비를 타고 밥을 먹기 위한 것인데 나중에는 그 정도는 시내에 있는 친구네 집을 전전하며 해결할 수 있게 되어 아예 집에 들어가지 않고 살았다. 그리고 어쩌다 한번 집에 가서 책값이며 등등을 핑계로 뚝너머에 갈 수 있는 돈을 마련하곤 했다. 나는 책가방은 물론 책이며 노트며 이런 공부를 위한 도구들은 하나도 없이 대학을 다녔다. 이건 공부를 거의 안 했다는 이야기도 되지만 그만큼이라도 겨우 뚝너머를 갈 수 있었다는 말이기도 하다.

　사실 제대로 된 나의 진정한 첫사랑은 뚝너머 운봉여인숙의 조 양이었다. 이름도 모르고 미스 조도 아닌 그냥 조 양이었다. 헤어질 때까지 그렇게만 불렀으니까. 그 당시 대학 캠퍼스 내에는 맘에 드는 여학생들이 있었고 나를 좋아하는 여학생들도 있었지만 그녀들과는 섹스를 할 수 없다는(해서는 안 된다는) 이상한 윤리의식을 가지고 있었기 때문에 나는 섹스를 할 수 있는 운봉여인숙의 조 양이 훨씬 좋았다. 어쨌든 그녀에게 동정과 함께 순정을 바쳤고(그녀의 마음과는 관계없이) 그러다 학비 줄이 막혀 군대를 갔고 첫 휴가를 나와서 만나는 데까지가 그녀와의 인연이었다. 그 만남이 사랑인지 섹스인지 모르겠지만 아직도 그 시절의 한 컷 한 컷들이 지워지지 않고 빛바랜 사진처럼 가슴에 남아 있다.

입대 후 1년 만의 첫 휴가 때 제주도(에누리 없는 36개월 군대 생활을 제주도에서 했다)에서 올라와 집에도 가지 않고 꼬깃꼬깃 모아둔 돈을 쥐고 제일 먼저 간 곳이 뚝너머였다. 운봉여인숙에 가니 기적처럼 조 양이 있었다. 그녀들은 자주 팔려(?) 다녔고 나를 기억이나 하고 있을까 하는 생각을 하면서 뚝너머를 갔는데 아, 조 양이 있었고 조 양은 나에게 운봉여인숙에서 좀 떨어진 다른 여인숙에 방을 하나 잡아주고 잠시만 기다리라며 소주 한 병과 오징어 한 마리를 두고 갔다. 이 정도면 그녀가 나를 기억하는 정도 이상이라는 것은 분명했고, 사랑은 아니라 해도 그 비슷한 무엇 정도는 되는 거라고 확신했다. 나는 한 병을 다 마시면 취해서 잠들까 봐 조금씩 마시며 두세 시간 정도는 기다렸던 것 같다. 이윽고 그녀가 물을 담은 세숫대야와 정갈한 수건 한 장을 가지고 들어왔다. 그러고는 꼬질꼬질한 내 군복을 벗기더니 물수건으로 몸의 구석구석을 차분하게 씻겨주었다. 그날 나는 뚝너머에서 처음으로 '숏타임'이 아닌 '긴밤'을 잤다. 긴밤은 다음 날 아침까지 있을 수 있는 거였고 값이 숏타임의 세 배 정도여서 아침까지 세 번의 거시기를 할 수 있는 거였다. 하지만 그날은 조 양이 운봉여인숙이 아닌 다른 여인숙에 방을 잡았고 '긴밤' 값을 주고받지도 않았으니 우리는 분명 손님 관계가 아닌 것이 분명했다. 아침이 되면 포주는 집에 가고 아가씨들만 남아 밥을 먹는데 조 양이 나를 불러내 함께 밥을 먹게 되었다. 찌그러진 양은 냄비의 빨간 민물 새우탕과 김치가 전부인 밥상이었지만 LP판 전축에서 울려나오는 노래 「해 뜨는 집(House of the Rising Sun)」 의 절규와 함께 그녀들의 깔깔대는 소리가 어우러진 한 끼 '아점'은 지금도 잊을 수 없는 특별한 식사였다. 그것이 그녀와의 마지막 만 남이었고 두 번째 휴가를 나왔을 때 그녀는 아무런 말도 편지도 남 기지 않고 이미 종적을 감추고 없었다.

사랑의 첫 번째 조건이 진정성이라면 이십 대 우리의 3천 원짜리 섹스 또한 사랑이라고 할 수 있을까? 나는 간간이 아무런 생각도 없 이 불쑥 떠오르곤 하는 그 시절을 생각하며 시 한 편을 만들었다.

10대의 어린 거웃이 하나 둘 올라올 무렵 친구와 함께 자위를 하고, 20대의 문턱을 밟고서도, 결혼하지 않으면 여자와 잘 수 없다는 그릇 된 윤리의 세월을 살았다. 그 불구의 섹스는 오랜 방황 끝에 뚝 너머에 정착할 수 있었다. 삼천 원이면 숏타임으로 나의 태생지였던 자궁을 들 어 다닐 수 있다는 것은 당시의 나를 구원하는 하나의 경전이었다.

그렇게 삼천 원의 자본에 길들여진 밤은 깊어 갔다. 그러다 결혼을 하고 비로소 돈이 없어도 여자와 잘 수 있었다. 사랑은 왜곡되어 섹스 의 그늘을 살았지만 황홀한 세월이었고 아내와만 자야한다는 불편한 도덕의 세월을 살면서도 나의 사랑은 우울하지 않았다. 사랑은 스토리

보다 먼저 섹스로부터 오던 신혼의 철없던 사랑은 그렇게 단칸방에 비키니 옷장 하나로 시작되었다.

그러다 은혼(銀婚)이 가까워 오는 어느 즈음에 이 생명 다하도록 죽도록 사랑했고 어쩌고 하는 그런 철지난 통속적인 유행가 속의 사랑이 내 가슴을 깊게 질러왔다. 사랑의 진정은 그렇게 유치한 감상으로부터 시작된다는 것을 새삼 되새기며 그동안 천박하다고 생각했던 저자거리의 값싼 진정성에 대하여 미안한 마음이 일었다. 그리고 그 사랑의 진정에 가벼운 신열을 앓았다.

「사랑과 섹스」

박두규 1985년 「남민시」 창립동인으로 작품 활동 시작. 시집 「사과꽃 편지」, 「당몰샘」, 「숲에 들다」, 「두텁나루 숲 그대」.

전북대 구 정문 골목

도혜숙

　기억의 숲을 거슬러 오른다. 1986년이었다. 전남에서 고등학교를 졸업한 나는 아무 연고도 없는 전주 지역 대학에 진학을 했다. 최명희 작가를 좋아하는 내게 최명희 작가와 같은 대학, 같은 과를 나온 고3 담임의 진로지도 때문이었다.

　대학에서 가까운 곳에 자취방을 구한 나는 혼자 있는 딸을 걱정하는 엄마의 권고로 3월 첫 주부터 근처 성당에 나가게 되었다. 첫날 오전 미사가 끝나자 세련미가 넘치는 한 중년의 여인이 다가왔다. 대학 신입생이죠? 하더니, 초등 애들 셋 가정교사를 해볼 생각이 있느냐고 귀엣말로 물었다. 나는 신중한 아이처럼 고개를 끄덕였다. 당시 과외는 불법이어서 '몰래바이트'라고 불리던 시절이었다.

　가정교사로 들어가 살게 된 한약방은 대학 근교여서 통학이 편했다. 초등학생 셋을 가르치고, 돌보고, 감시하는 가정교사 자리는 숙식을 해결하고 소량의 용돈까지 덤으로 받을 수 있는 양질의 '몰바'

내 생애 가장 빛나던 순간

자리였다. 가끔 주인이 옷을 사 주거나 근사한 가족 식사 자리에 데리고 가기도 했다. 남의집살이 첫 경험은 낯설었지만 그리 힘들다는 생각은 들지 않았다. 가난한 집안 태생인 내게 부잣집의 속내를 들여다보고 호기심을 충족할 수 있는 좋은 기회였던 것이다. 부유한 집안, 속된 말로 금수저를 쥐고 태어난 아이들과의 첫 만남은 신분의 차이나 권력의 맛을 이미 알고 있다는 도도한 인상이었다.

그곳에는 나 외에 도우미 아줌마, 안주인의 조카인 유치원 교사, 그리고 한의원 일을 도와주며 원장을 매제라고 부르는 노총각이 함께 기거하고 있었다. 나는 그들을 내가 돌보는 아이들과 똑같이 언니, 그리고 삼촌이라고 불렀다. 내가 언니라고 부르던 유치원 김 선생은 안주인을 이모라고 했다. 나는 3층에서 김 선생과 한방을 썼다. 이십 대 후반인 그 언니는 꽤 이쁘고 아담한 체구에 밤늦게 술을 마시고 귀가하는 일이 잦았다. 이모한테 자주 혼나면서도 개의치 않고 늦게 오는 그 언니가 왠지 대단하고 멋있게 보였다. 당시언니는 사귀는 남자 친구가 있었는데, 취기 속에 깔깔대며 들려주던 덕진공원 데이트나 영화 본 연애담은 잠도 물리칠 만큼 달콤하고 솔깃했다.

나는 매일 아침 6시에 일어나 아이들의 등교 준비를 도와주는 일로 하루를 시작했다. 어느 날은 학습 준비물을 놓고 간 아이 때문에내 수업 1교시를 빠지기도 했다. 나는 수업이 끝나면 바로 한의원에와서 학교 다녀온 아이들이 피아노, 태권도, 바이올린 학원에 가는 것을 체크하고, 학원에서 돌아와 씻고 밥 먹고 샤워한 후 숙제와 일기

쓰기, 다음 날 아침 책가방 챙기는 것까지 확인해야 일과가 끝났다.

아이 셋 중 둘째 녀석은 개구쟁이였다. 가끔씩 피아노 학원에 빠지고 친구들과 놀다가 나한테 들키곤 했지만, 세 아이 중 둘째에게 가장 정이 갔다. 완벽주의자 스타일인 큰애는 왠지 불편하고 신경이 많이 쓰였다. 막내 여자애는 사랑스럽고 어여뻤지만, 약간 버릇 없이 자란 부잣집 막내 아이의 특성이 가시처럼 가끔 나를 찔렀다.

주말이 되면 한의원 가족들은 자주 외출을 하거나 여행을 갔다. 그럴 때 도우미 아줌마랑 나는 모처럼 자유롭게 지낼 수 있었는데, 특히 빨래 개기부터 청소가 끝날 때까지 아줌마 옆에서 듣는 시시콜콜한 주인 부부의 얘기는 상상력을 자극하는 흥미로운 얘기가 많았다. 고상한 사모님이 낮잠을 잘 때 얼마나 우스운 모습으로 자는지, 주인 부부가 어떻게 싸우는지, 바깥주인이 누구랑 바람을 피우다가 들켰는지, 내 전임자인 가정교사가 왜 그만두었는지 등등. 아줌마는 참 맛깔스러운 이야기꾼이었다.

그해 6월, 모처럼 긴 연휴를 맞아 한의원 가족은 제주도 3박 4일 여행을 떠났다. 나는 갑자기 주어진 커다란 공간과 시간의 자유에 깊은 환희와 전율을 느꼈다. 마음껏 피아노를 치고, 편하게 음식을 먹고, 카세트의 볼륨을 크게 틀었다. 천국이 따로 없었다. 나는 그리스인 조르바가 되어 상상 속의 지중해를 불렀다. 집 안 가득 푸른 바다가 펼쳐지고 리처드 클라이더맨의 피아노 선율이 출렁거리며 3층 집 건물을 범람했다. 나는 그렇게 사흘을 보낼 기대감으로 충만해 있었다.

그러나 제주도에 간 줄 알았던 삼촌이 그날 밤 술이 취해서 들어왔다. 술병과 잔을 들고 와서 같이 술을 마시자고 했다. 내가 술을 못 마신다고 하자, 삼촌은 대학생이 술도 못 마시면 안 된다며 오빠가 가르쳐줄 테니 마시라고 했다. 그는 계속 술잔을 강요하고, 나는 계속 싫다고 했다. 삼촌이 갑자기 소리를 지르더니, 크고 부리부리한 눈을 무섭게 치떴다. 나는 깜짝 놀랐다. 삼촌이 내 손을 잡았다. 순간 본능적으로 나는 삼촌을 밀치고 방으로 뛰어들어가 문을 잠갔다. 뒤로 넘어진 삼촌이 욕하는 소리가 들렸다. 지중해라고 생각했던 집이 순식간에 공포영화에 나오는 고저택으로 변했다. 나는 해일처럼 밀려오는 공포에 덜덜 떨었다. 핸드폰도 없던 시절, 홀로 그 작은 방에 갇혀서 밤을 새웠다.

다음 날 오후 늦게 도우미 아줌마가 와서야 나는 방에서 나왔다. 아줌마는 핼쑥한 내 얼굴을 보더니 불고기를 만들어주었다. 이틀 후 제주도 여행에서 돌아온 안주인이 초록 원피스와 초콜릿을 선물로 건네주었다. 나는 아이들 방 한쪽에 놓아두었다. 삼촌과는 서로 얼굴을 피했다. 늦게 귀가한 김 선생 언니한테 이 집을 곧 떠나게 되었다고 얘기하자 왜? 왜? 하며 다그쳤다. 더 좋은 알바 자리가 생겼다고 했더니, 갑자기 껴안으면서 나중에 꼭 돈 많은 남자 만나서 연애하라고 했다. 애들을 가르치는 선생님도 돈 많은 남자를 좋아하는구나, 생각했다.

일을 그만두겠다고 하자 안주인은 그 큰 눈을 더 크게 뜨더니 시골 애라 그런지 참 세상 물정 모른다면서 자신이 사람을 잘못 봤다고 했다. 이렇게 잘해주는 곳이 있는 줄 아느냐며 혀를 찼다. 나는 "죄송합니다."를 두 번 연속 말해야 했다. 떠나는 날 아침, 안주인이 봉투 하나를 주었다. "원래 밥 먹여주고 재워주는 것으로 애들 가정교사 비용을 대신하는데, 내가 정이 있어서 주는 거야."

30년이 흘렀다. 그날 이후 한 번도 그 집을 방문한 적이 없다. 학교 다닐 때도 일부러 거리가 먼 골목길로 우회하곤 했다. 세 아이의 이름과 얼굴은 지금도 선명하다. 30대 후반에서 40대 초반일 그 아이들은 지금 어디서 무엇을 하며 살고 있을까. 김 선생(언니)은 그때 사귀던 그 남자랑 결혼했을까? 당시 50대였던 그 도우미 아줌마는 아직 살아 계실까? 오래전 태어나고 사라졌다가 다시 기억에 되살아난 시간들이 문득 소나기처럼 쏟아져 내린다. 그곳으로부터 흘러나와 지금 나는 어디에 서 있는 걸까?

도혜숙 2001년 「한국시」로 등단.

내 생에 가장 빛나던 순간

부안청자박물관

김이흔

"그때, 나는 '거기'에 있었다. 천 년을 훌쩍 넘어 '고려'라고 하는 시대적 과거 공간에 있으면서 동시에 현재에 있었다. 머물러 있지 않으면서 머물러 있었고, 덜컹거리지 않으면서 덜컹거리고 있었다. 여름이 막 끝나가는 무렵이었고 가을이 시작되는 지점이었으며, 아아, 나는 그 아름다운 영혼과 눈 마주침을 하고 있었다! 그 떨림을, 나의 살아 있음을, 내가 되어 버린 너의 영혼을 지금도 나는 생생히 기억하고 있다."

삼복 기간 동안 세 번 피고 진다는 붉은 장미꽃이 다 져 내리고도 한 절기가 더 지난 무렵이었던가. 학예사 한정화 선생께 감히 부안청자박물관 수장고를 보여 달라는 부탁을 했을 때, 그녀는 여름 댓잎처럼 선선히 수장고 문을 열어주었다. 문운(文運)을 주관하는 규성(奎星)이 밝게 비추이던 때이니 만큼, 나는 박물관에 진열되어 있는 청 도자들을 눈여겨보던 중이었다. 부안청자박물관이 개관되면

내 생에 가장 빛나던 순간

서부터 무려 8년 동안 자리를 지켜온 한 선생과는 평소 각별히 지내고 있던 터라 꺼내본 말이었는데, 선뜻 승낙을 받고 나니 기분이 더없이 좋았다.

부안의 고려시대 청자는 주로 12세기에서 13세기경에 제작된 것이 많다. 부안의 유천리 지역과 진서리 지역에 분포하고 있는 청자 가마터에서 만들어진 것들이다. 아무런 문양도 없는 무문의 청자부터 섬세하고 세련된 음각 문양의 순청자, 구름과 학, 앵무새, 모란, 연꽃 등이 새겨진 상감청자에 이르기까지. 청자를 보려거든 태어난 혈처로서 가마터를 먼저 보아야 한다는 말이 있다. 이 지역들에서 조사된 가마의 청자 유물들은 유색이 회청색으로 발색되었든 회녹색으로 불규칙하게 발색되었든 단아하면서도 고고한 기품이 있어 부안 지역의 고려청자를 연구하는 데 귀중한 자료를 제공해주고 있다.

수장고에 들어서자마자 도자 유물 특유의 흙냄새가 먼저 풍겨왔다. 그 냄새는 시간도 잊어버리고 누운 어느 먼 곳으로부터 전해져오는 메시지처럼 느껴졌다. 동물의 뼛조각에 새겨진 갑골문처럼 알 수 없는 비밀한 메시지가 과거와 현재와 미래를 뭉뚱그려 안고 박물관 수장고에 멈춰 있는, 딱 그런 느낌이었다. 내가 다가가 관심을 보일수록 다양한 청자들도 말을 건네 오고 있었다. 모든 것을 역력하게 눈 밝게 보고 귀 밝게 듣고, 그러면서 순간에 뛰어넘을 수 있는 그런 능력을 가지고 있기라도 한 것처럼 정말로 내게 말을 하고 있었다!

동체 중앙 양면에 버드나무가 풍성하게 양각되어 있는 '청자 양
각 물가 풍경무늬 주자'도 그중의 하나였다. 그리고 그것은 생긴 모
양 그대로 작고 둥근 자신만의 세상 안으로 나를 끌어주었다. 그것
은 하나의 작은 알이었고, 물방울이었으며, 따스한 흙 알갱이였고,
우주였다.

　　나는 애벌레처럼 최대한 몸을 둥글게 말아 청자 주자 안으로 들
어가려고 애를 썼다. 그 또한 내가 되기 위해 몸을 늘려 내 안으로
들어와 주었다. 기면에 자잘한 유빙렬이 나타나 있긴 했지만, 황갈
색 유색으로 인해 주자 안은 무척이나 따사로웠다. 작지만 단단하
게 지어진 흙집 안에 들어 있는 느낌이었다. 나는 그 안에서 곰곰
나를 궁글리면서 한참 동안 있었다. 한낮이 지나고 하루가 지났으
며, 한생이 더 지나도록. 몇 겹의 생을 돌아 다시 전혀 다를 것 없는
나를 만나고 있는 것만 같아 숨 쉬는 것 자체만으로도 나는 나의 살
아 있음이 신비로웠다.

　　동체 중앙 양면에 양각으로 장식된 버드나무가 내 몸 전체를 꽉
채울 정도로 풍성하여서 한없이 '머물'고 싶었다. 잎 무성한 버드나
무 줄기가 폭포수처럼 아래로 휘늘어져 있어 굳이 물을 담아내지
않아도 시원한 물소리가 들리는 주자. 물가를 유유히 헤엄쳐 다니
는 암수 원앙새 중 한 마리는 얌전히 물의 흐름을 즐기고, 반대편의
또 다른 한 마리는 고개를 쳐들어 부리를 벌린 위용이 있다.

물을 좋아하는 버드나무는, 가지를 꺾어 바로 꽂아도 살고 거꾸로 꽂아도 살만큼 생명력이 강하다. 뿌리에 물을 끌어들이는 힘이 있어서 물 없는 곳에 버드나무를 심으면, 수맥이 생겨나 땅속으로 물이 흐르게 된다고 한다. 해서 옛 여인들은 먼 길 떠나는 낭군에게 버들가지를 꺾어 주었다. 이는 여인의 젊음은 오래가지 않으므로 청춘을 외롭게 보내지 않게 낭군이 빨리 돌아오라는 뜻이 담겨 있다. 해서 옛사람들은 버드나무를 사랑하였다. 버드나무가 휘늘어진 모습도 흐르는 물과 같지 않은가. 원앙새와 더불어 부부금실 좋고 부귀를 누리라는 의미가 담겨 있는 양각화인 것이다. 실제로 이 주자에 차를 담아 마시면 아무 말 않고 있어도 마주 앉은 이가 한 생을 산 것처럼 정이 갈 것만 같다.

곡옥의 형태에서 조금 더 자라 용의 면모를 갖춘 몸체의 손잡이가 어우러져 단순한 것 같지만 주자의 동그란 몸체를 충분히 부각시켜 주고 있다. 아무런 문양이 없으나 주구의 곡선도 둥근 주자의 특징을 드러내는 데 한몫을 한다. 손잡이와 주구 접합 부분에는 능화창과 연잎 등의 장식으로 아름답다. 긴 대롱처럼 생긴 뚜껑의 촉 하단에 굵은 모래 알갱이가 붙어 있다.

시원한 바람이 분다고 여름이 다 간 것이 아니고
꽃이 지고 말랐다고 그 나무가 죽은 건 아니다
구름에 해가 가렸다고 저녁이 된 것도 아니고

누군가 울었다 해서 슬펐던 것만은 아니다
청자 주자에 함께 차 한 잔 나누어 마셨다 해서
그 사람의 뼈 한 조각도 나눠가진 것 없듯이

「입추」

자기 소리를 진짜로 들을 수 있다면 남의 소리를 들을 수 있다 했던가. 풀벌레들의 살림살이 돌아가는 게 전부 우리 생활과 같다는 것이 알아지고, 과거와 현재 그리고 미래가 둘이 아닌 도리를 알게 된다고. 자신으로부터 벗어나 자신으로 돌아가는 것이다. 다 놓아도 내가 사라지지 않는 그런 길이 있다면, 나는 영원히 그 길을 걸으리라.

청자 주자는 바로 그것을 알고 있는 것이다. 나와 나무들과 내 곁에 부는 저 바람이 생겨나기 이전부터. 하여 최대한 가깝게 내 안으로 들어와 마음속으로 말을 걸고 있는 것이다. 그리고 자신의 소리를 듣고 있는 것이다. 너와 나는 분명히 있으면서도 너와 내가 없이 네가 내가 될 수 있고, 내가 네가 될 수 있는 그러한 이치를 알고 있기에.

둥근 것들은 안으로 기운을 단단히 응축하고 있어 언제든 밖으로 뿜어낼지 모를, 작지만 강한 힘이 휘돌고 있다. 둥글게 몸을 말고 있다가도 한순간 늘일 수도 있고, 넓힐 수도 있는 무한성. 그것이 알이고, 그것이 나서 돌아갈 수 있는 처음 자리일 것이다. 전체 생명과 함께 드디어, '돌아가는 것'. 잠에 들며 슬퍼하지 않듯, 돌아감도 결코 슬픈 것만은 아니므로 기쁨으로 충만해서.

  이렇듯 '참나'는 모든 것을 알고 있는데도 모른다 하니까 자꾸 시달리게 된다. 여름에는 모기에게, 겨울에는 추위에, 만나는 사람을 포함한 내게 와 있는 모든 우주의 질서에. 그동안 무심코 지나치거나 혹은 아는 데 귀찮음을 느꼈을지도 모를 부안청자박물관의 유물들이 몇 세기를 돌아 우리에게 다가오고 있다. 진한 수장고 냄새가 밴 그 맑은 영혼들에게 시달리지 않기 위해서라도 최선을 다해서 나는 '거기'에 있어야겠다. 청자를 빚은 고려의 도공으로, 뜨거운 고려 가마의 불꽃으로. 가을 햇살이 꼭 저 누울 자리만큼 짧아져 있다. 근본에 놓아버리는 데 익숙하지 않은 자신을 추슬러 고정된 자신으로부터 벗어나 나 또한 '자신'으로, 돌아가야겠다. 나의 시작이며 끝이요, 나의 궁극이며 목적인 내 속의 나 혹은 네 속의 나와 함께. 그러한 영혼의 선택을 안은 채 그리고 좀 쉬어야겠다.

  뼈도 없고, 살도 없고, 아무것도 없는 바로 그 자리에서.

김이흔 본명 김형미. 2000년 『진주신문』 가을문예 시 당선, 『전북일보』 신춘문예 시 당선, 2003년 『문학사상』 시 부문 신인상 수상. 2011년 불꽃문학상 수상. 시집 『산 밖의 산으로 가는 길』, 『오동꽃 피기 전』.

남원, 섬진강변에서

서성자

    토요일 수업이 끝나고 학생들이 돌아간 오후였다. 일직을 위해 교무실로 갔다. 여선생님 한 분과 둘이서 하는 일직이다. 70년대 중반인 그 시절엔 토요일 수업이 끝나고 오후에 일직을 했었다.

    10월 말 오후, 햇살은 스산했고 학교 주변 숲은 단풍으로 곱게 물들어 있었다. 학교 안에 있는 커다란 연못 동산에도 낙엽이 수북하게 쌓여 있었다. 나는 마음에 맞는 여선생님들과 가끔 사람들 눈을 피해 그 동산을 찾곤 했다. 낙엽을 온몸에 덮고 누워 여고 시절 기분을 맛보았다. 종종 책을 읽으며, 창밖의 동산을 바라보며 오후 시간을 보내기도 했다.

    그날 역시 창밖 섬진강변을 바라보고 있는데, 교무실 문을 열고 남선생님이 들어왔다. 9월 초 우리 학교로 전근 온 눈이 큰 총각 선생님이다. 바쁜 사무 처리를 위해서라며 일감을 한 보따리 들고서였다. 총각 선생님은 교무실 한 귀퉁이에서 뭔가를 열심히 쓰기 시

작했다. 그러나 교실 두 칸 넓이의 널따란 교무실이어서 서로의 존재를 의식하지 않고 자신들의 시간을 보냈다.

나는 교사들이 보는 월간 잡지를 뒤적이다 책 뒤표지에 있는 악보를 발견했다. 그 잡지에는 매월 새로운 동요나 교사들을 위한 노래가 실리곤 했다.

그달의 악보는 박인환 시인의 시에 곡을 붙인 「세월이 가면」이었다.

평소에 내가 좋아하던 시인지라 당장 그 노래를 배워보기로 했다. 피아노를 잘 치는 신 선생님이 피아노를 치자 내가 먼저 노래를 불렀다. 가을날, 조용한 교정에 노랫소리가 잔잔하게 울려 퍼졌다. 처음엔 총각 선생님을 의식해서 작은 소리로 불렀다. 그러나 나중엔 노래에 취하고 분위기에 취하고 말았다. 그 노래의 주인공이라도 된 양 한껏 애절한 목소리로 노래를 불렀다.

나는 노래를 쉽게 배우는 편이 아니다. 노래를 먼저 다 배운 신 선생님은 피아노만 치고 나 혼자서 그 노래를 부르고 또 불렀다.

가을날 낙엽이 지는 때라 감정을 있는 대로 살려 노래를 불렀던 것 같다.

아마 서른 번쯤 불렀을 때였나?

사무 처리를 하던 총각 선생님이 머뭇거리며 우리에게 다가왔다. 뭔가를 말할 듯 말 듯 망설였다. 어쩜 우리가 노래를 너무 잘한다고 칭찬하려나? 나름 기대를 하며 총각 선생님을 바라봤다. 한참을 망설이던 총각 선생님이 하는 말.

"서 선생님, 그 노래, 그만 좀 부르시면 안 돼요?"

'아니 어떻게 이런 심한 말을?'

깜짝 놀라 눈을 크게 뜨고 말았다. 그런데 그 선생님의 큰 눈에 언뜻 눈물이 고여 있는 게 보였다. 곧 떨어질 듯한 그분의 눈물을 보며 나는 고개를 숙이고 말았다.

신 선생님이 얼른 피아노 뚜껑을 덮었다. 얼마나 염치없었는지 죄송하다는 말도 꺼낼 수 없었다. 그 선생님을 몰래 훔쳐봤더니 손등으로 눈물을 닦고 있었다. 무슨 사연이 있는 걸까? 낯이 뜨거워서 그 후 일직 시간을 어떻게 보냈는지도 모른다.

얼마 후 그 총각 선생님과 같은 학교에 근무했던 친구를 만났다. 그분의 눈물에 얽힌 사연을 전해 들었다. 같은 학교 여선생님과 사랑을 했는데 여자 부모님의 반대로 헤어졌다는 것이다. 헤어지고 우리 학교로 전근을 왔던 것이다. 그런데 내 노래가 그 마음을 건드려 아프게 한 것이다. 연인과 갓 헤어진 그 아픈 상처에 아예 소금을 치고 문질러댔던 것이다. 그 순진한 총각 선생님을 눈물 흘리게 할 정도로.

그 노래 가사 하나하나가 자신의 이야기였을 것이기에 얼마나 마음이 아팠을까? 노래를 잘하는 편은 아니지만 음성이 애절한 편인 나인지라 애잔함이 더 느껴졌을 것이다.

세월이 흘러 그 총각 선생님의 이름은 잊었다. 그러나 남원군 섬진강변을 지날 때마다, 그 총각 선생님 생각이 난다. 그분의 큰 눈에 고여 있던 눈물은 지금도 선명하게 기억난다. 나는 지금도 가을이 오면 가끔 이 노래를 부른다. 그 가을날의 감정을 담아, 그 총각 선생님의 마음이 되어!

노래를 부를 때마다 느끼는 마음은?

그 총각 선생님께 몹시 미안하다는 것이다.

　그때 그 총각 선생님은 연인과 헤어진 후 석 달이 채 안 된 때였
다는데!

　　지금 그 사람 이름은 잊었지만,

　　그 눈동자 입술은 내 가슴에 있네.

　　바람이 불고 비가 올 때도

　　나는 저 유리창 밖 가로등 그늘의 밤을

　　잊지 못하지

　　사랑은 가도 옛날은 남는 것

　　여름날의 호숫가 가을의 공원

　　그 벤치 위에

　　나뭇잎은 떨어지고

　　나뭇잎은 흙이 되고

　　나뭇잎에 덮여서

　　우리들 사랑이 사라진다 해도

　　내 서늘한 가슴에 있네.

　그날 내가 불렀던 가사 내용이다.

서성자 2008년 「전북일보」 신춘문예 동화 당선. 장편동화 『봉홧불을 올려라』.

그해 겨울은 참 따뜻했다

장현우

2008년 그해 겨울은 눈이 엄청 내렸다. 고향이 남쪽이어서 그런지 나는 송이송이 함박눈이 그렇게 탐스럽게 내리는 것을 난생처음 보았다. 내리는 눈을 올려다보면 먼 우주로 빨려갈 것 같았다. 현기증이 났다.

굴착기 기사는 말했다.

"새로 이사 온 젊은 사장님은 앞으로 일이 잘 풀리겠는데요. 터 잡는 날 이렇게 함박눈이 내리니…….."

말을 마치고 기사는 굴착기를 작동시켜 빈집을 허물기 시작했다.

마을 사람들도 입을 모았다.

"집주인은 다 임자가 있는가비여. 집 살라고 여러 질이 다녀갔는 데도 그냥 가고 그렇게 집주인이 안 판다고 해 쌓더니 젊은 사람이 복이 많은개비."

삽시간에 기계음이 지나가자 언제 집이 있었나 싶게 평평한 평지

내 생에 가장 빛나던 순간

가 되고 안채며 헛간이며 다 사라졌다. 누가 살았는지, 왜 떠났는지, 그렇게 좋은 터를 왜 버리고 도시로 갔는지 묻고도 싶었으나 입속에서만 맴돌 뿐 묻지 못했다.

임실군 관촌면 신전리.

그해 겨울 나는 대전 생활을 접고 시골로 내려왔다. 직장에서도 일가친척들도 지인들도 누구 하나 시골로 내려가는 것에 찬성한 사람들은 없었다. 그러나 우리 부부는 용감하게 나름대로 계획을 세워 몇 년 전부터 착실히 준비해오고 있었다. 그 첫 번째가 시골에서 살아갈 집 짓기였다.

우리 부부가 꿈꿔온 집은 'ㄱ' 자 모양의 전통 한옥이었다. 마당이 있고 샘이 깊은 우물이 있어야 했다. 그리고 우물가에는 작은 화단이 있어 사시사철 꽃이 피는 그런 집을 지으리라. 여름이면 우물가에서 펌프질한 맑은 샘물로 집사람이 감겨준 등목을 하고 텃밭에서 자란 오이와 고추로 평상에 퍼질러 앉아서 도란도란 얘기도 하면서 맛나게 점심도 먹으리라. 화려하지 않지만 소박한 시골 동네에 어울리는 전통 한옥으로 집을 지으리라. 그래서 몇 명 지인들과 나무와 집이라는 주제로 여행도 다녀오기도 했었다. 경주 영주 부석사로 해서 봉화 만산고택에서 잠을 자고 울진 금강송을 보고 오기도 했다. 나무는 살아서 천 년, 죽어서도 천 년이라며 모두들 나무 집을 지으라고 종용하기도 했었다. 그때 만산고택에서 자면서 나눈 이야기를 밑바탕으로 동행한 형이 그려준 설계도면을 아직도 가지고 있으며 우리 부부는 꼭 그런 집에서 살아보고 싶었다. 그러나 집은 내

뜻대로 지을 수가 없었다.

어린 두 아들은 이층집을 선호했고 처음부터 단호했다. TV에서 본 전원주택 단지의 뾰족지붕과 잔디가 깔린 그런 집. 그리고 이층에서 자기들만의 공간을 만들겠다는 것이다. 시골로 내려갈 계획에서부터, 도시와 시골의 다른 점과 도시보다 좀 더 불편을 감수해야 된다고 얘기하는데도 시골 행에 대해 반대도 안하던 터라, 우리 부부는 두 아들의 뜻대로 이층집을 짓기로 했다. 또한 애비로서 자식이 살고 싶은 집이라고 하는데 못 들어줄 이유도 없었다.

우리가 살 집에도 우물이 있었다. 그래서 우리 부부는 우물을 살리려고 작두 펌프도 알아보고 수소문도 했었다. 요즘은 작두 펌프를 사용하는 사람들이 없기에 살리려면 특별 주물 제작을 해야 한다고도 했다. 고미술집이나 골동품 가게에서는 부르는 게 값이었다. 우물을 살리고 싶다는 우리에게 마을 주민들도 반대했다. 이미 농약으로 오염된 물이므로 허드렛물로도 위험하니 사용하지 말라는 거였다. 주민들도 깊은 산에 관정을 파서 그것으로 가가호호 연결해 식수를 해결한다고 했다.

집이 어느 정도 윤곽이 잡혀가자 마을 어른들은 마당을 어떤 식으로 할 거냐고 물어왔다. 마당 한편에 작은 화단을 만들고 텃밭도 만들 거라고 했다. 얘기를 주고받은 그다음 날 마을 어르신이 경운기에 한 아름 크기의 돌을 한가득 싣고 마당에 부리며 화단을 만들기 시작했다. 아니 아직 화단을 어떻게 만들지 계획 중이고, 지금은 화단을 만드는 일보다 다른 급한 일을 해야 한다고, 천천히 시간 날

때 만들자고 했다. 그랬더니 아직 농한기라 손도 한가해서 그런 거라며, 바쁠 때는 못 도와주고 알아서 만들어줄 테니 그렇게 알란다. 됐다고 해도 한사코 돌을 나르며 미안하면 먹다 남은 술이라도 내놓으란다.

그리고 어느 날은 그렇게 마을 어르신이 만든 화단에 이름도 모르는 꽃들을 할머니들이 심고 계셨다.

"요즘은 할미꽃 보기도 힘들 거여. 이게 복수초인디 봄에 질로 먼저 꽃이 펑게 꽃 피면 볼만할 것이여! 그라고 이것은 둥글레인디 꽃 피면 이쁘기도 하지만 뿌리가 약 된 게 몸에도 좋아."

그러면서 시골에서 살려면 마당에 가마솥이 있어야 요긴하게 쓰인다며 가마솥 자리를 짚어 주셨다. 그래서 마당 모퉁이에 검은 가마솥을 건 날 또 다시 옆집 할머니는 들기름을 들고 와서는 어떻게 가마솥을 길들이는지 알려주며 가마솥을 번지르르하게 닦아 놓았다.

"젊은 새댁이 뭘 알겠어. 불 때서 밥이라도 할 줄 알간." 했다.

지나가는 말로 언제 몇날 며칠 손 없는 날 잡아 이삿짐 들어오니 그날 꼭 오시라 했다.

그랬더니 이삿짐 들어오고 집 안에 이삿짐 풀기도 전에 동네 사람들이 모이기 시작했다. 마치 우리 집만 바라보고 있었다는 듯이, 오래 기다렸다는 듯이 동네 사람들이 몰려 왔다. 추적추적 봄비 내리고 집안은 이삿짐으로 엉덩이 붙일 데도 없이 비좁았다. 잔치 준비도 안 돼서 잡수실 게 없다고 해도 사람들은 밀고 들어왔다. 누구는 팥을 가져왔고 누구는 찹쌀가루를 가져왔다. 시키지도 않은 가마솥에 나무를 가져다 장작불을 지피고 팥죽을 쑤기 시작했다. 그리고 오는 사람들 손에는 두루마리 휴지와 세제가 들려 있었다. 오는 사람들마다 빈손이 아니었다. 얼떨결에 집들이를 겸한 잔치판이 돼 버렸다.

　살다 보면 계획대로 되는 것보다 계획대로 되지 않은 게 더 많은 것 같다. 그렇지만 이듬해 오월 우리 가족은 임실군 관촌면 신전리, 마을 주민이 되어 있었다.

장현우 2006년 『문예연구』 시 부문 신인상. 시집 『귀농일기』, 『바다는 소리 죽여 우는 법이 없다』.

1998년 모악산방

문신

　나에게 모악은 1998년 어느 봄날, 문득 솟아난 산이다. 모악산이 솟아나기 위한 첫 번째 조건은 애기똥풀이다. 그리고 박남준 시인이다. 그로부터 20년 가까이 나는 모악산을 바라보면 언제나 애기똥풀과 박남준 시인을 함께 떠올리곤 한다. 물론 그 끄트머리에 불량배들처럼 삐딱하게 서 있는 삼겹살과 소주병들도 있다.

　1998년에 모악산을 만났지만 나는 이미 1993년에 전주에 발을 디뎠던 터였다. 여수역에서 통일호 열차를 타면 3시간 30분쯤 후에 전주역에 도착할 수 있었다. 드물게 비둘기호를 타면 6시간쯤 걸렸고, 어쩌다 운이 나빠서 무궁화호 열차를 타면 3시간 안쪽에도 도착했다. 그렇지만 전주에 방을 얻어 지내면서 모악산을 가는 데는 5년쯤 걸린 것 같다. 그 우연한 기회와 만남의 희열이 비둘기호 열차처럼 역사 저편으로 사라져버렸지만, 지금도 나는 모악을 향할 때면 마치 시간여행이라도 하듯 슬한 모악의 골과 숲 그늘 어디쯤을 눈

내 생에 가장 빛나던 순간

으로 훑어보곤 한다. 도무지 가늠해지지 않는 그 시간들을.

그러니까 1998년 봄날은 폭격기들이 무차별로 퍼부어대는 폭탄들처럼 애기똥풀이 흔했다. 애기똥풀을 폭탄에 비유하고 싶은 이유는 단순하다. 그 노랗고 간잔지런한 풀꽃을 나는 그 봄에 처음으로 알았던 것이다.

정희가 죽어 버린 다음 해 여름에는 남새에 이상한 꽃이 피어났다. 식구 중에는 아무도 심은 사람이 없었다. 잎이나 가지의 어느 곳을 잘라도 사정없이 노란 피를 쏟던 그 꽃은 유채꽃처럼 노랗고 화상(花狀)도 같았는데 그것보다는 조금 작은 데 비하여 꽃잎이 두꺼워 훨씬 징그럽도록 노랗게 보였다. 어머니가 그 꽃과 꽃 위의 하늘을 번갈아보시다가 기어이 눈에 손등을 옮겨갔다. 사람들이 와서 보고는 그 꽃을 애기똥풀이라고 불렀다.

이병천 소설 「애기똥풀」 중에서

그랬다. 나는 이병천 소설가의 단편집 『사냥』을 이미 여러 번 읽었던 터였다. 그해 봄 학기에 소설창작 강의를 맡은 이병천 소설가는 애기똥풀이 지천으로 핀 어느 날 수업을 듣는 우리 모두를 마치 비밀모임의 수장처럼 은밀하게 모악산으로 불러들였다. 그리고 우리는 그곳에서 마침내 모악산이 꽁꽁 감추어두었던 비밀 하나를 꺼내보고 말았다. 시인 박남준의 모악산방이 그것이었다. 나는 그때 두 번 놀랐고 그 몇 해 뒤에 또 한 번 놀랐고 말았는데, 그중에 하나는 시인이라는 아름다운 존재를 그렇게 가까이에서 본 것이 처음이었다. 그러니까 당시에 소견 좁은 내 기준으로는 유명한 시인은 아니었지만, 어쨌든 나는 박남준 시인을 실물로서의 진짜 시인으로 처음 만나 악수를 했다.(물론 이병천 소설가 또한 시인이었기도 했으니 엄밀하게는 박남준 시인이 두 번째일지도 모른다. 하지만 그러면 곤란해지고 만다. 무슨 일이든 두 번째는 다소간 맥이 빠지는 일이 아닐 수 없으니까.) 그리고 두 번째 놀란 것은 모악산방이 전에 무당이 살던 집이라는 사실이었다. 그것과 관련하여 나는 훗날 몇몇 형들로부터 썩 유쾌하고 또 그럴듯한 담화를 들은 적이 있다. 아마도 몇 해 안에 어느 침침한 술자리에서 그 이야기를 조금 변형된 버전으로 듣게 될지도 모르겠다.

그러거나 말거나 그해 그날 거기에서 우리는 삼겹살을 구웠다. 모악산방에서, 시인 박남준의 거처에서, 주인 없는 체모(體毛) 한 가닥 떨어져 있지 않을 것 같은, 어쩌면 매일 아침 방을 까뒤집어 햇살에 서너 시간씩 말렸음 직한 그 방에서 삼겹살을 굽고 소주잔을 비우는 동안 우리는 아무도 박남준 시인의 표정에 관심이 없었다. 아니 사실은 진짜 시인의 얼굴을 누구도 편하게 바라볼 수 없었다. 다른 이들은 어땠는지 모르지만 나는 분명 그랬다. 시를 쓰고 싶었고 시인이 되고 싶었던 나로서는 몇 개의 무릎을 건너면 진짜 시인이 앉아 있다는 사실만으로도 가슴 벅찬 일이었으니까. 그런데 몇 년 전에 박남준 시인이 그때 일을 떠올리면서 이렇게 말하는 것을 나는 들었다. 패 죽이고 싶었다고. 어쩌면 박남준 시인은 그렇게 말하지 않았을지도 모른다. 내 기억이 그렇게 뚜렷하지 않은 탓에 장담할 수 없는 일이기는 하지만, 어쨌든 나는 그렇게 들었다. 이 이야기가 바로 세 번째 놀란 일이다. 아마 내가 모악산방의 주인이었더라면 그 자리에서 단호하게 말하지 않았을까? 삼겹살 안 돼……!

우리는 시를 이야기했다. 문학 이야기에 귀를 열었다. 박남준 시인은 「흰 부추꽃으로」라는 시를 들려주었던 것 같다. 그날 나는 생애 처음으로 시집에 시인의 필체를 받았다. 시집 『그 숲에 새를 묻지 못한 사람이 있다』 속표지에 "문신 님, 술 잘 마시는 날이 많기를. 박남준" 이렇게 써주었다. 나는 박남준 시인의 필체를 오랫동안 베껴 썼던 것 같다. 그러면 진짜 시인이 될 수 있을 거라고 믿었다. 아…… 그리고 박남준 시인은 맨 아랫줄에 전화번호까지 남겼었다. 221-8696. 종종 전화하라는 뜻이었겠지만, 사실 나는 한 번도 이 번호로 전화를 걸지 않았다. 용기의 문제는 아니었을 거라고 나는 생각한다. 대신 먼 훗날 나도 시인이 되고 시집을 갖게 되면 누군가에게 꼭 그렇게 써주리라 다짐했던 것 같다.

벌써 스무 해가 가까워지는 일이다. 문득 그날 저녁, 박남준 시인이 방문을 활짝 열어놓고 마룻장에 누워 봄밤의 서늘한 잠을 청하는 모습을 떠올려본다. 어쩌면 총총한 밤하늘 별들을 올려다보며 화적떼들처럼 닥쳐서 돼지기름으로 범벅을 해놓고 간 우리들을 적막한 모악의 숲 깊은 곳에 하나씩 파묻어버렸는지도 모른다. 그랬더라도 나는 그날 모악산방 앞뜰에 인류 최후의 아기들처럼 피어나 있던 애기똥풀꽃을 잊지 못한다. 이병천 소설가는 직접 애기똥풀 줄기를 꺾어 기어이 '노란 피'를 보여주었다. 아마 나도 몇 줄기쯤 꺾어 신기하기만 한 그 봄날 오후를 울음 같은 피로 물들였던 것 같다.

　모악산방. 벌써 오래전 일이지만 아직 여전한 일이다. 나는 해마다 애기똥풀꽃이 필 무렵이면 고개가 저절로 모악을 향하는 것을 어쩌지 못한다. 그곳에 평생을 시 짓는 형벌로 귀양살이하는 처녀라도 숨겨둔 것처럼, 나는 잠결에도 내쳐 그 골과 능선을 헤맨다. 그리하여 뿌듯한 힘이 단전 아래 단단하게 뭉치어 어떤 짐승 같은 울음으로 으르렁거리면 나는 마침내 모악을 향해 고개를 주억거리며 애기똥풀의 그 '노란 피'를 사정하고 만다.

　다시 모악을 생각한다. 어떤 발정이 있어 이렇듯 질기게 끌어대는 모양이다. 내 두 번째 시집마저도 모악인 걸 보면.

문신 2004년 「세계일보」, 「전북일보」 신춘문예 시 당선. 2015년 「조선일보」 신춘문예 동시 당선. 2016년 「동아일보」 신춘문예 문학평론 당선. 시집 『물가죽 북』, 『곁을 주는 일』.

난펑이

조석구

전북 장수군 계남면 화양리 난펑마을.

마을 사람들은 난펑이라 부르는 이 마을에 며칠 머문 일이 있다. 이 마을을 탯자리로 둔 동기의 초청이 있었기 때문인데 그의 마을로 가는 길은 초입부터 필자에게 고행을 안겨주었다.

속리산 말티재를 넘을 때 생겼던 어질병이 모래재부터 도졌기 때문인데 평지에서 생활하던 필자에게 완주군과 진안군의 경계, 그 고지대를 넘는 일은 고난을 넘어 고도의 수행을 요하는 일이었다.

헐떡거리는 시외버스의 엔진 소리, 지대를 오를수록 먹먹한 귀, 원심력으로 쏠렸다 스러지는 몸뚱어리, 훅, 끼쳐오는 기름내와 땀내, 도대체 몇 구비인지 모를 고바위 돌면 또 고바위, 이 길을 어찌 다시 나온다냐?

돌아올 여정이 더 아득해 보이는 길이 그 머리를 산자락에 숨기고 있었다.

내 생에 가장 빛나던 순간

연약한 비장이 비틀려 빈사 상태가 된 필자는 중간 기착지인 장계 차부에 내려서도 한참 동안 출렁이는 몸뚱어리로 인해 정신을 놓고 있었다. 장계에서 다시 십 리 길, 필자를 위해 걷자는 의견이 분분했으나 땡볕에 여러 사람 괴롭힐 수 없어 몸을 추스르는 동안 지선버스 두어 대를 흘려보내고 몇몇은 틈을 이용해 그 유명한 장수막걸리를 한 잔씩 들이켜기도 했다.

천신만고 끝에 '장안산을 모계로 백화산과 법화산을 양 날개로 금계가 알을 품은 형상'이라는 난평이에 들어섰다.

잠깐 숨 돌린 사이 언제 소문을 들었는지 마을 아짐들이 모여들기 시작했다.

"친구 왔다며? 어떻게 생겼나 어디 좀 보자!"

"대처 사람들이라 그런지 얼굴이 뽀얀하고 이쁘기도 하고만!"

"친구를 보면 친구를 알더라고 이집 아들을 볼 적에 어떤 친구들일까 짐작이 가느만그려!"

"아이고, 고마워라! 이 깡촌까지 찾아오느라 욕봤네!"

6·25 때도 전사자가 한 분밖에 나오지 않았다는 이 마을에 우리는 외지인! 오랜만에 보는 외지인이 신기하기도 하고 구경거리도 되는 모양이었다. 사랑방에 얼굴 보이는 아짐들이 자꾸자꾸 늘어나기 시작하는데 손에는 삶은 감자며 옥수수며 계란이며 주전부리들이 담긴 소쿠리와 저녁을 위한 찬가지들이 마루에 쌓여갔고 그 가짓수만큼이나 일행은 허리 구부려 인사를 드렸다.

저녁밥은 우리의 살을 몇 근이나 올려주는 것 같았고 막걸리를 메고 올라간 뒷산 반석거리, 천천면에 잇대어 수십 리 어깨 걸어온 너럭바위가 달빛에 술상을 펴고 별들을 다글다글 안주로 볶아내고 있었다.

그 이튿날, 전주 인후동의 동기 이모님 댁에 동행하게 되었다.

어느 댁을 방문하든 그 댁 어르신께 큰절 올리는 것을 예의로 알았기에 대문을 들어서며 작은 인사는 드렸지만 거기서도 큰절로 인사 올리자 했으나, "대문께 들어서며 인사드렸으니 우리까지 그러지 않아도 된다."는 동기, "이러는 건 예의가 아니다. 인사 올려야 한다!" 우기지 못하고 작은방에서 쉬고 있자는 다수의 의견에 동조, 티브이 시청을 하고 있었다.

식사를 위해 안방으로 불려갔을 때였다. 이모부 되시는 어른께서 "자네들 대학생이라면서 손님으로 왔으면 그 댁 어른께 큰절 올리는 것도 모르는가? 부모가 뉘신지 예절 교육을 도통 잘 시킨 게 아닐세그려!"

뜨거웠다. 낯이 뜨거웠고 뒤통수가 뜨거웠고 눈은 더 뜨거워져서 어디 둘 줄 몰라 허둥거렸고 부모님까지 불려나온 상황은 쉽게 수습이 되지 않았다.

이모님이 나서 차제엔 그런 일 없기로 마무리가 되었지만 죄송스러워 점심으로 나온 뜨거운 칼국수에 입천장이 홀렁 벗어지는 줄도 몰랐다.

- 2002년 9월 17일 자「전북일보」우연태 기자의「우리 이장님」기사 난평마을 참고
- 자료 수집 중 동기의 갓 50세 된 아우의 49제를 전해 듣다. 고인의 명복을 빈다.

조석구 2015년「시선」등단.「시선」기획위원. 인터넷 시인학교(http://www.poetschool.co.kr) 4대 대표 역임.

곰소항에서 만난 국수

조재형

언제 어느 길을 가더라도 솔밭을 지나다 보면 왠지 정감이 가고 친밀감이 느껴진다. 바로 내 고향 백산면 평교리 망산마을 뒷산 솔밭이 생각나기 때문이다. 망산마을은 논과 밭이 빙 둘러싸인 전형적인 농촌 마을이다. 근동의 다른 마을과 달리 나지막한 뒷동산이 병풍처럼 둘러 있어 둥지처럼 포근한 마을이다. 어쩌다 고향 마을에 들를 때마다 유달리 생각나는 어른이 한 분 계신다. 고향에 가면 숨바꼭질하던 어깨동무도 생각나고, 소꿉놀이하던 이웃집 누이들도 있지만, 내게는 유별난 의미로 기억 속에 남아 있는 어른이다. 솔밭 아래 대나무가 둘러싸인 마당 넓은 집에 사시던 친구의 아버지. 일찍이 아버지 없이 자란 내게 자상한 아버지의 모습을 보여주신 그 어른을 지금도 잊을 수 없다. 정확히 말하면 그 어른보다도 그분이 사 주신 국수 한 그릇과 자장면 한 그릇을 잊을 수 없다는 것이 더 맞는 말이다.

곰소항에서 만난 국수 한 그릇의 추억은 이렇다. 초등학교 6학년 때 고슴도치섬이라 불리는 곳에서 전근 오신 담임선생님의 주선으로 우리 반은 그 섬에서 근무할 때 담임을 맡은 아이들과 펜팔을 하게 되었다. 다른 아이들은 서신 교환이 지지부진하였는데, 나와 서신을 주고받던 섬 친구는 서신 왕래가 끊이지 않아 그 친구의 초대로 방학을 맞아 섬을 찾게 되었다. 마침 같은 마을에 살던 어깨동무의 큰 누이가 그 섬의 보건소에 근무를 해 그 친구와 함께 섬에 들어가게 되었다. 바로 친구의 아버지인 그 어른이 섬을 오가는 곰소항까지 바래다주셨다. 고향 집에서 출발, 완행버스를 타고 곰소항에 도착하니 위도를 왕래하는 왕경호라는 여객선이 기다렸다. 어린 땅꼬마인 우리는 낯선 여행이기도 하고 자주 타던 버스가 아니라서 그런지, 둘 다 지치고 배가 고팠다. 어른은 어물전을 지나 어느 골목을 비집고 들어가 김이 모락모락 나는 선술집에서 물국수 한 그릇씩을 사 주셨다. 주근깨가 덕지덕지 달린 아주머니가 멸치 국물로 말아준 곰소항 골목의 국수 맛은 정말 최고였다. 숨도 쉬지 않고 단숨에 국수 한 그릇을 비웠다. 그 어른의 배웅을 뒤로한 채 우리는 여객선을 타고 섬으로 들어가는 동안 배가 고픈 줄 몰랐다. 그렇게 섬 여행을 다녀오던 해, 초등학교를 졸업하고 그 친구는 도회지로 나가고, 나는 면 소재지에 있는 벽지 중학교에 입학하면서 그와는 자주 만나지 못하고 서로 바쁘게 살면서 그 어른도 자주 뵙지 못하게 되었다.

그렇게 맛 좋던 물국수 맛도 잊어버리고 살면서 세월이 더 흐른

후 그 어른과의 인연은 다시 이어졌다. 군대 입영 통지서를 받아들고 나는 그대로 떠나기 서운하여 친구들을 만나려고 상경하였다. 서울에서 죽마고우를 만나 일주일여 보냈다. 나나 친구들 모두 학생이고 변변치 않은 처지라 누구 하나 반반하게 술 한잔 마음 놓고 살 수 있는 처지가 못 되었다. 고작 고향 친척들에게서 군대 여비 몫으로 받아온 용돈이 경비의 전부였으니 시골 양반들이 쥐어준 꼬깃꼬깃한 돈이 얼마나 되었겠는가. 여관비에 밥값에 술값도 떨어지고 나중에는 돌아갈 여비도 떨어지고 말았다. 말하자면 고향에 내려갈 차비조차 남지 않은 거지꼴이 된 것이다. 그 무렵 서울에 살던 친척의 도움으로 함께 올라간 친구와 나의 고향 여비만을 어렵사리 마련하여 고향행 고속버스에 몸을 실었다. 여객 운임을 계산하고 나니 주머니에는 한 푼도 남지 않게 되었다. 고속도로 여산 휴게소에서 잠시 정차하는데 어찌나 배가 고프던지. 자장면 한 그릇 먹고 싶은 생각이 간절하였다. 우리는 돈이 없어 군침만 흘리고 있는데 휴게소에서 우리가 함께 버스에 탄 것을 알게 된 바로 그 어른이 우리를 발견하고 다가오더니 따라오라고 하셨다. 아마도 우리 행색을 보고 우리의 처지를 대강 눈치라도 채셨던가 보다. 어른은 우리가 먹고 싶던 자장면을 그것도 곱빼기로 사 주셨다. 단숨에 자장면 곱빼기 한 그릇을 비웠다. 그때 그 자장면을 얼마나 맛있게 먹었던지, 지금도 자장면을 먹게 되면 삼십여 년 전 그때 거기에서 단숨에 비운 곱빼기 자장면이 생각나곤 한다.

다시 세월이 더 흘러 군대를 제대한 후 고향을 떠나 취직을 하고

장가도 들고 아이들도 낳고 중년이 되었다. 그 후로 아주 가끔 고슴
도치섬 위도를 드나들던 곰소항에 찾아가 보곤 하였다. 그런 때면
그 어른이 사 주셨던 국수 맛이 생각났다. 항구는 세월이라는 파고
에 휩쓸려 아주 많이 변하였다. 밀물 같은 변화가 골목마다 남아 있
던 다정다감한 인정들을 썰물처럼 밀고 떠나갔다. 물론 주근깨 아
주머니의 흔적도 찾아볼 길이 없다. 간혹 고향 마을에 들러 그 어른
을 뵙게 되면 문득문득 두 번에 걸쳐 내게 베풀어준 국수 한 그릇과
자장면 한 그릇이 생각나고, 곰소항과 여산휴게소가 떠올랐다. 언젠
가 꼭 시간을 내 따뜻한 밥 한 그릇 어른께 대접해 드려야겠다고 마
음먹곤 하였다. 그러다가 어느 날 고향으로부터 어른이 돌아가셨다
는 부음을 받게 되었다. 결국 빚을 갚지 못하고 떠나보낸 것이다. 내
가 세월 앞에서 거드름을 피우고 지낸 탓에 세월은 내게 기회를 줄
수 없었고, 그렇게 어른은 떠났다.

　돌이켜 보면 어른이 내게 사 주신 국수와 자장면은 그냥 맛있는
음식 한 그릇만은 아니었다. 그분이 평소 마음속에 품고 있던 자상
한 배려를 내게 보여준 것이다. 국수 한 그릇에 인정을 가득 말아
주신 것이다. 자장면 한 그릇에 인정을 곱빼기로 버무려 주신 것이
다. 가끔 고향 마을에 찾아가도, 곰소항과 여산휴게소를 들러도 어
른이 떠난 지 오래되어 그분의 흔적조차 찾을 길이 없다. 하지만 어
른이 내게 사 주신 국수와 자장면 한 그릇은 내 마음에 인정으로 새
겨져 향기처럼 머물러 있다. 단순한 향기가 아니라 천리향 만리향
처럼 오랜 세월이 흘러도 그 향이 좀체 그치질 않는다. 내 영혼 속

에서, 김이 모락모락 나는 국숫집을 지날 때마다, 중화요리 간판이 걸린 자장면 집을 지나칠 때마다 그 향이 다시 피어올라 내 향수를 자극하곤 한다. 향기는 꽃잎에서만 나는 것이 아니다. 사람에게서도 향이 나는 것이다. 남기고 간 사람에 따라서 오래오래 그 향이 남아 맴도는 것이다. 시간과 공간도 초월하면서 말이다.

조재형 2011년 『시문학』으로 등단. 시집 『지문을 수배하다』.

경원동 3가 28번지

하미숙

    그 무렵 나는 어떤 사건에 개입하기보다는 '보는 인간'과 '듣는 인간'이었다. 십 대 중·후반이라는 나이는 '읽는 인간'이거나, 제대로 '노는 인간'이거나 학업에 열중하여 앞날을 고민하기 시작해야 옳았다. 이도 저도 아니면 87년 전후였으니 미력이나마 '참여하는 인간' 정도는 돼야 마땅했으나(아무려나, 참회하기 위해 이 글을 쓰는 건 아니니까) 나는 시력과 청력 하나로 그 시기와 장소를 건너왔기 때문에 본 것과 들은 것에 대해 이제야 말할 수 있다.(별것도 아닌데 비장해지는 이 분위기는 뭐지?)

    그러니까 그곳은 공중변소(화장실이 아니라 변소, 거울도 세면대도 없고 분뇨 배출을 위한 목적 하나로 지어진)를 사용해야만 하는 집이었다. 주변 상가에 살고 있는 사람들과 그곳을 드나드는 손님들까지 모두 하나의 변소를 이용하고 있었다. 경원동 3가 28번지. 어머니는 이곳에서 전세 팔백에 월세를 내면서 작은 식당을 운영했다. 주인집

여자는 월세 받는 날이 되면 어김없이 검정색 세단을 타고 반드시 식당 뒷문으로 들어와서 뒷문으로 나가곤 했다. 왜 정문으로 오시지 않고 불편하게 쪽문으로 오시냐는 어머니의 물음에 "허름한 음식점에 드나드는 걸 누가 볼까 봐 그런다."고 주인집 여자가 말했다.

어머니의 식당 이름은 「형제집」이었다. 철근콘크리트로 된 진짜 건물이었지만 뒤편에 방 한 칸을 새로 들인 공간은 가건물이었다. 임시 허가를 받아서 조립식 패널로 지어진 '가짜' 방에서 1898년에 태어나 구순을 눈앞에 둔 할아버지와 대학 4년 큰언니, 고3 작은언니와 나, 그리고 중학생, 초등학생 남동생 둘, 이렇게 여섯이 한방을 썼다. 어머니는 매일 아침 다섯 개의 도시락을 쌌고 우리는 매일 아침 다섯 개의 붉은 손바닥을 내밀었다. 세상에서 가장 '무서운 건 '불을 받아먹는 아궁이와 식구들의 입'이라고 할머니가 생전에 하던 말을 어머니는 그 무렵 자주 인용했다.

음식점들의 상호만 봐도 단순한 계층구조를 한눈에 파악할 수 있었다. 무슨 요식업조합법에 명시되기나 한 것처럼(음식점이니 맛으로 평가하겠지, 하면 오산) 규모가 작고 허름하면 '○○집', 그보다 더 낫다 싶으면 '○○식당', 단체 손님까지 받을 수 있으면 '○○회관', 단체는 물론 목도 좋고 인테리어가 최상이면 '○○가든' 하는 식으로 이름을 붙였다. 아무튼 어머니의 가게 「형제집」을 선두로 28번지 옆에는 형제분식, 형제슈퍼, 형제세탁소 등이 대단한 형제애를 자랑하며 나란히 줄지어 있었다. 고도성장의 절정기라 손이 모자라고 손이 바빠서 가게 이름을 발로 지었구나, 라고 생각하면 안 된다.

그것은 일종의 건강한 공동체적 연대의식 같은 것에서 출발했다.(고 믿고 싶다.) 길 건너 바로 앞은 「한국다방」, 그 옆에 「시민회관」, 예의 공중변소 옆에 「국제롤러스케이트장」, 이런 식의 이름들이었다. 그것은 한국다방 옆 「영광약국」에서 귀결되었다. 개별적인 인간 혼자서는 아무것도 안 될 것 같은, 서로 한 덩어리로 연결되고 뭉쳐야만 훗날을 도모할 것만 같은, 그런 믿음을 영광으로 삼고 지속 가능 발전의 행동으로 보여주자는 의지가 간판 문화 속에(다소 거창하지만) 깔려 있었다.(고나 할까?)

대학부속병원이 코앞에 있어서 새벽까지 급박한 앰뷸런스 소리를 들어야 했고, 재수, 삼수를 지나 장수하는 학생들로 가득 찬 학원도 밀집해 있었다.(학원 테라스에 만년설처럼 흰 담배꽁초가 쌓였었다는 건 전혀 과장이 아니다.) 유월항쟁 즈음에는 방 안에 가만히 앉아서도 매일 최루탄 가스를 마셔대야 했다. 팔달로에서 가두시위를 하다가 가스에 눈물 콧물 범벅이 된 대학생들이 우리 집으로 들어와 수도꼭지에 고통으로 일그러진 얼굴을 씻고 안방 옆 어두운 곳으로 숨기도 하고, 상황이 더 불리해지면 근처 가톨릭센터로 몸을 피하곤 했다. 내가 동조한 것이 있다면, 숭고한 어떤 움직임들에 그저 가슴이 두근거렸다는 것 외엔 아무것도 한 일이 없었다.

매일 긴장과 지루함이 아무런 이유 없이 번복되기도 하고 밑도 끝도 없이 어떤 장면은 단지 시간이 흘렀다는 이유만으로 아무런 논리도 없이 스스로 화학작용을 일으켜 전혀 다른 양상으로 바뀌기도 했다. 한마디로 카오스의 세계에서 소용돌이를 반복했다.(음…… 갑자기 카오스 세탁기라는 브랜드까지 떠오르는데, 내가 딱, 그 세탁기 안에 엉킨 세탁물 같다고나 할까?) 한마디로 맹 선생의 어머니라면 하루도 못 견디고 어린 맹자의 손목을 잡고 뛰쳐나갔을 그런 곳이었다.(그러니 아버지, 제가 공부를 못한 게 아니라 도저히 할 수가 없었던 거죠?)

그곳은 그 시기를 표본 채집한 것 중의 한가운데에 있었다. 생로병사와 생활과 생계와 역사의 작은 장면들을 모두 28번지에서 목도할 수 있었다. 그 세계는 어느 것 하나 정돈된 게 없었다. 균형 감각의 저울이 기우뚱했고 시간이 여름날의 지루한 매미 소리처럼 얼어붙어서 영원히 미래가 오지 않을 것 같았고 나는 그 어리둥절한 곳에서 목적도 대책도 없이, 그저 이 세계가 빨리 흘러가기만 바라보고 있었다. 자주 일관성 없는 감정 때문에 스스로 상처를 내기도 하고 그것 때문에 오히려 역동적인 시력과 청력 속에서 그럭저럭 지낸 것 같기도 했다. 장점이라면 그런 흔들림이 이 세계를 다각도로 보고 자유롭게 편입시키는 재주를 나에게 준 것 같기도 하다. 예정 없이 현현되는 장면들은 시간이 지나면 기억이 되고 기억은 서서히 추억이 되기도 하는 것처럼.

28번지 바로 옆 국제롤러스케이트장에는 좀 논다는 애들과 아주 잘 논다는 애들이 매일같이 만원을 이뤘는데, 그곳에서는 하루 종일 유로댄스 음악이 흘러나왔다. 이 일렉트로닉 댄스음악은 어쿠스틱 팝과는 다른, 단순하면서 강렬하고 경쾌한 비트로, 귀가 정상적으로 뚫려 있거나 사지가 제대로 작동하는 사람이라면 가만히 있지 못하게 만드는 마력이 있었다. 롤러스케이트를 신고 바람을 가르며 죠이의 '터치 바이 터치'부터 시작해 런던 보이즈의 '할렘 디자이어'를 지나 모던토킹의 '유 아 마이 하트, 유 아 마이 소울'을 지나 (중간 생략하고) 일본 가수 콘도 마사히코의 '긴기라기니'를 끝으로 스케이팅 한 판이 끝난다. 그러면 좀 논다는 애들과 아주 잘 논다는 애들은 환호성과 탄성을 지르며 어딘가로 흘려보내지 않으면 큰일 날 강력한 에너지를 발산하곤 했다.

아마도 나는 원래부터 에너지 총량이 다른 사람들보다 현저하게 미달인 채로 태어났기 때문인지 바로 코앞에 있는 롤러스케이트장을 단 한 번도 가지 않았다! 왜 안 갔는가? 그건 내가 못 놀(기도 하지만)아서가 아니라 그것이 너무나도 유혹적이었지만 역설적으로 너무나도 가까운 곳에 있었기 때문이라는 걸 나중에 깨닫게 되었다. 나는 마음만 먹으면 언제든지 갈 수 있었으나 그렇기 때문에 가지 않았다. 마음만 먹으면 순간에 이뤄져버릴 일이란 나에게 그다지 매력적인 일이 아니었다. 매일 유로댄스 판이 몇 번이고 반복해서 다 돌아갈 때까지 그들의 환희를 내 안에서 느꼈으며, 그들이 유희의 끝에 어떤 얼굴로 나오는지를 매일같이 보았다. 나는 바퀴 달린 신발을 신어보지 않고도 스케이트를 탔고 그들의 몸놀림을 분석하고 스케이트장의 코너를 돌 때의 넘어질듯 한 아슬아슬한 기분을 맛보았으며 그들보다도 더 실감나게 탔다.(고 착각했다.) 실제로 내가 롤러스케이트를 신고 그 넓은 스케이트장을 휘젓고 다닌들 경험이 상상을 따라잡을 수는 없었다. 상상은 지각하기 이전에 강력한 쾌감을 주었다. 그래서 상상 이후에 실현되는 것들이란 그 상상했던 것보다 훨씬 맛이 덜했다.

실현되어서는 안 되는 유혹이란 너무나도 가깝고 잡기 쉬운 곳에 있으면 기능을 상실해버린다는 단순한 사실. 단지 내가 롤러스케이트장 옆에 살았다는 이유로 알게 된 깨달음이다. 이런 (말도 안 되는) 논리는 여러 상황에도 응용할 수 있다. 만약에 어떤 사람이 술을 끊어야 할 상황이라면 냉장고 가득 술을 채우고 손에 잡히는 집 안 곳곳을 술병으로 가득 메운다. 한 잔 마시기도 전에 보는 것만으로도 질려 죽을 지경이 될 때까지.(설마, 이걸 다 마시고 죽겠다는 분은 없겠죠?) 또 만약에 보고 싶어 죽을 것 같은데 만나서는 안 될 사람(내 경우엔 현빈 같은?)이 있다면, 그래서 그것이 너무나도 큰 고통이라면 그 사람을 원 없이 만나면(현빈은 바쁘니까 아무래도 무리겠지!) 된다. 아주 가까이에서. 보기 싫을 때까지 계속. 그러면 최소한 '보고 싶어 죽을 지경의 고통'은 반드시 사라진다. 우리의 삶은 복잡한 것 같지만 이렇게 단순해지면서 명쾌해질 때도 있다. 경원동 3가 28번지에서 내가 나에게 물었던 것들, 그런 혼돈들이 아주 먼 곳을 거친 후에야 이제 조금은 알 것 같다.

나는 가끔 서쪽 창가에 서서 매일 심장이 잘 뛰게 해 달라고 기도한다. 그런데 나의 하느님은 이제 기력이 다하셨는지 은유를 알아듣지 못하고 종종 직역을 하셔서 곤란한 일이 생길 때도 있지만. 인생의 최대치를 매일 산다는 것, 몇 시간을, 몇 분을, 몇 초를 그런 시간들을 의식적으로 맞이하는 순간에 우리는 심장이 특별하게 잘 뛰어서 특별하게 다른 시간을 경험하게 된다. 이 장소에서 지금 나와

나 속의 너. 거기 그곳을 다 지나오면 그때는 미처 못 본 것들도 보게 되는 순간이 온다. 그러므로 우리는 이 기억의 주머니에 담아갈 것을 만지고 겪으며 최대치의 순간을 살아야 한다. 나중에 꺼내 먹을 수 있게. 그러면 그때는 몰랐지만 이제야 말 할 수 있는 시간들이 반드시 딸려 나온다.

하미숙 2010년 「영남일보」 신춘문예 시 당선. 「작가의 눈」 작품상 수상.

참깨꽃 종소리

이은송

　오지를 찾아 스며들기 시작한 건 언제부터였는지 잘 모르겠다.

　드문드문한 불빛만이 아스라한 깜깜한 오지의 어둠 속에서 잠이 들면 꿈도 꾸지 않고 마음 먼저 순해지며 잠에 들곤 한다. 누구든 애쓰며 살아가야 하는 우리는, 어쩌면 자신도 모르게 조금씩 거칠고 억세졌을지도 모를 일이다. 그렇듯이 내 귀도 억세어졌을 것만 같은 생각이 들곤 한다. 이제는 세상일에 조금은 익숙할 법도 한데 왜 내 귀는 늘 어색하고 아프고 심장은 늘 아린지 잘 모르겠다. 행여 겨울 길 가다가 겨울새들이라도 볼라치면 저 새들은 어느 곳에 깃드나 싶은 슬픔들이라니, 나의 어수룩한 염려로 세상의 아픈 일들은 내 심장으로 와 강물을 낸 듯 나의 내부로 깃들곤 했다. 늘 통증은 갈비뼈 왼쪽으로부터 시작되었다.

　그런 통증들을 멈추게 하는 치유는 늘 낡고 헐거워진 오지의 누추한 방이었다.

여리고 여린 풀들이거나 나무이거나 풀들이 있는 그곳.

그중에서도 여름이면 참깨꽃 필 무렵이면 그 꽃을 보러 가곤 했던 것이 언제부터였을까. 내 삶이 고단하고 힘들 때면 세상의 이방인 같은 오지로 가서 허물어지는 담벼락 사이를 끼고 살아가는 낡은 골목을 빠져나가 넓은 들녘의 지천에 피어 있는 참깨꽃들을 보거나, 들깨꽃을 보는 일, 감자꽃들이나 풀꽃들을 오랫동안 바라보곤 하는 일이었다,

이는 늘 여름 장마 무렵인데, 특히 참깨꽃이 필 무렵이면 장마도 제 스스로를 거두어 가곤 했다.

장마 동안 소나기가 훑고 간 장맛비의 물기를 몸으로 꽉 채운 참깨꽃의 잎들은 여리고도 건강하게 작은 미풍에 미동으로 흔들리며 순하디순한 종소리를 냈다.

참으로 소리 없이 내는 깊은 종소리다, 바람으로만 들려주니 마음으로만 듣는 종소리다.

그때 나는 한량없는 그곳에 앉아 있다. 시간을 잃고 앉아 있곤 한다.

앉아 있노라면 난 어린아이가 되어 어린 날의 순진하고 여린 깨꽃 아이가 된다.

자연의 위로가 발바닥부터 차오르는 순간이다.

우리가 살아가는 삶은 더욱 더 단단해져 가는 일인데, 우리는 더욱 더 사나워지며 살아가는 건 아닌지, 그러다가 그런 생각마저 놓아 버리면 내 귀는 한없이 순해져서 어디선가 나를 부르는 엄마의 목소리, 아빠의 목소리를 듣는다. 엄마, 아버지는 내 근원의 소리다!

우리 육 남매 중에 셋째가 돌이 지났을 무렵, 엄마는 외할머니의 손에 이끌려 외갓집으로 가서 8개월을 지낸 적이 있다고 했다. 외할머니는 일제강점기에도 일본인과 재판을 해서 이긴 사람이라고 소문이 자자했으니 강단 있는 사람이라는 뜻이었을 것이다. 그런 외할머니가 손에 흙 하나 묻히지 않고 시집보낸 딸의 집이 궁금하였다고 했다. 딸이 궁금했던 외할머니는 떡 한 말을 방앗간에서 지어 큰이모를 앞세워 이고 들고는 엄마가 사는 부안군 백산면 금판리 집을 찾아왔다고 했다.

당시 장손인 아빠는 아빠의 어머니와 아버지와 남동생들, 그리고 당신 자신의 아내인 울 엄마 그리고 자식들까지, 우리는 그야말로 대가족이었고 순한 외갓집 식구들과는 달리 거친 성격들의 대가족 시집살이에 엄마의 앞치마 물기는 가실 날이 없었다고 했다. 그런데 또한 큰 문제는 엄마와 할머니가 같은 해에 자식을 낳았다는 것이다. 삼촌과 나는 동갑이었다. 그래서 손이 맞아 늘 싸웠다고 했다. 할머니에게는 귀하고 늦은 막내아들이었고, 나는 엄마 아빠의 귀한 큰딸이었다. 여기서부터 할머니와 엄마의 고부간 갈등은 시작되었다고 했다. 외할머니가 바라바리 떡이며 음식을 싸 가지고 엄마 집을 방문하던 그날이었다고 했다.

엄마와 할머니는 고부간의 말다툼을 아침부터 벌이셨다고 했다. 이는 물론 삼촌과 나로부터 비롯되었다,

이쯤은 나도 기억이 난다. 그날은 여름이었다. 할머니와 엄마의 고성이 오갔을 때였다. 누구 편도 들지 않았던 아빠가 벌떡 일어났

다. 그리고 우리 아이들 간식으로 주려고 엄마가 베어놓은 단수수(단내 나는 사탕수수 같은 것)를 몇 개 들더니 엄마의 몸에 내리쳤다. 단수수가 엄마의 몸을 휘감았을 때, 엄마는 마당으로 뛰쳐나갔고 그때, 외할머니가 떡하니 마당으로 들어서셨던 것이다. 엄마 몸에 들어 있던 푸른 멍들은 단수수가 지나간 곳마다 무늬로 성성했다. 그 광경을 목격한 외할머니는 망연자실했다. 무안한 아빠는 어디론가 나가버리고 친할머니는 방으로 스며들었고 우리 아이들은 방 모서리 벽면에 가지런히 앉아 술래잡기 놀이처럼 숨죽이고 있었다.

그때의 침묵은 축축하고 참으로 서늘했다.

그렇듯이 여름은 축축하고 서늘한 비로 은유된다.

비 내리는 지평선의 들녘을 바라보고 자란 나는 그 느낌을 배웠다. 때론 시원하고 때론 우울하고 때론 축축한 눅눅한 슬픔 같은 여름의 적요……. 그 슬픔을 고스란하게 간직하며 살아갔을 엄마의 몸.

엄마는 당장 외할머니의 손에 이끌려 외갓집으로 갔다. "이런 집에서는 못 산다."고 외할머니는 마당에 대고 매몰차게 한마디를 하셨다. 그리고 시집을 때 가져왔던 엄마의 장롱들과 짐들도 하나둘 트럭에 실려 집 밖으로 나갔다. 그때 난 아마 여섯 살 내지는 일곱 살이었을 것인데 며칠 후에 엄마는 마무리할 일이 있었던지 집으로 왔다. 말끔한 차림의 엄마의 옷은 퀴퀴한 냄새도 나지 않았고 단정했다. 엄마는 동네를 한 바퀴 쓱 돌아오더니 말끔한 밥상을 차려 내게 줬다. 난 반가워 밥상 앞에 앉아 숟가락을 뜨는 순간, 불길한 느낌이 들었고 뒤돌아보았다. 엄마는 이미 대문을 벗어나 저기 들녘의 허리인 둑을 달려가고 있었다. 난 숟가락을 내팽개치고 엄마, 엄마 부르며 달려 나갔다. 한없이 울며불며 따라갔다. 엄마는 어쩔 수 없이 내 손을 다시 잡고 나를 외갓집으로 데려갔다. 그리고 이후는 기억나지 않는다. 나는 다시 집으로 돌아왔다. 그런데 집에는 엄마가 없었다. 엄마의 그림자만이 가득할 뿐이었다. 엄마가 없는 집은 엄마와 나와의 술래잡기 놀이처럼 느껴졌다. 엄마는 집 안 어디쯤에 숨어 있을 것만 같았다. 아니면 동네 어디쯤에 숨어서 누군가 우리가 찾아내기를 고대하는 것만 같았다. 적요 속에서 그림자와의 술래잡기 놀이는 오히려 설렜다. 그 설렘은 숨어 있는 사람이 숨을 멈추고 기다리고 있어야 하는 그 순간의 눅눅함까지 동시에 느끼는 놀이.

난 동생의 손을 잡고 주변의 사람에게 묻기 시작했다.

울 엄마 어디 숨었어요? 울 엄마 어디 있어요? 그렇게 8개월이 지나갔다. 그리고 엄마는 다시 집으로 돌아왔다. 이후 그 아래로 동생 셋을 더 두었으니 엄마와 아빠는 만년 해로하신 것이다. 엄마는 늘 말하곤 했다. "어떤 에미도 자식 못 보고는 못 산다." 누구나 지나가버린 어린 시절은 가장 행복했을 것만 같다. 내 어린 시절의 엄마 아빠는 내게 늘 최고의 영웅이었던 것처럼.

올해도 장마는 어김없이 왔고 세상의 모든 풀들과 식물들은 장마 속에서도 가장 견고하다.

사랑도 자라면 커져 힘이 있고, 순한 마음도 자라면 그렇다고 한다.

사랑을 키우는 건 세상 속에서 가능하지만 순한 마음을 키우는 건 오지의 식물만 한 것도 없을 것 같다. 도심의 모서리 날이 서 있는 견고한 아파트를 떠나 담벼락 무너진 시골의 주변을 어슬렁거리다 보면 풀들조차 허락하는 흙의 마음을 닮아가는 흙의 몸을 보기 때문이다. 땅을 함부로 밟지 마라, 살아 있는 누군가가 밟힐지도 모른다, 라고 혼자 중얼거리다가 밟아봐라 밟힌다고 밟힐 풀이 아니다, 라고 또 중얼거린다.

이 세상 어딘가에 엄마와 아빠가 숨바꼭질처럼 숨어 있을 것만 같은 느낌이 세상을 살아가게 하는 힘인지도 모른다. 그래서 엄마 아빠의 어린아이로 살았을 적의 순수를 잃으면 안 된다는 생각이 있는지도 모른다. 내 아빠를 만날지도 모르니까, 내 엄마를 만날지도 모르니까, 어릴 적 순한 들풀 같은 아이로 남아야 서로를 알아볼 수 있을 테니까.

늘 환상에 사로잡혀 있고 현실의 동그라미 안에 머물러 살아가는 내게, 현실을 직시하기란 참 어려운 일이다. 그냥 풀 같은 마음으로, 그냥 풀꽃 같은 마음으로 빙빙 돌아가는 세상을 마주할 뿐이다.

올해도 참깨꽃 밭에 오랫동안 머물렀다.

아직도 그곳 참깨꽃 밭의 여흥 속에 난 머물러 있다. 한참 동안 난 온몸이 축축하고 온몸이 서늘해져 살아갈 것이다. 여름의 참깨꽃 밭에서 듣는 순한 종소리.

오지의 그곳, 참깨꽃 밭은 또 하나의 세상 속 숨바꼭질 놀이처럼 어딘가 오지에 숨어 나를 기다리고 나는 술래처럼 그곳을 매번 찾아간다.

올해 찾아간 오지의 그 집의 담벼락은 허물어져 버린 지 오래되었다. 대문 없이 살아왔던 그 동네의 오래된 내력과 그 집의 주인인 노모만이 덩그러니 집을 지키는 사연이라니, 집 뒤란으로 가득 뿌려 놓은 참깨 밭은 비를 머금고 무성하고 신비로웠었다.

잠에 들 때면 어둠은 또 얼마나 깜깜하고 서늘했던가.

이은송 1999년 「전북도민일보」 신춘문예 시 당선. 시집 『이 가을에 낚시질』, 『붉은 매듭을 풀며 울다』.

방태산 자락의 그리움

한지선

지리산에 갔을 때가 생각납니다.

혼자 차를 몰고 산길을 휘돌다가 계곡 사이 다리를 건너 덕적골
에 이르러 산길을 허이허이 오르다가 우뚝 선 반야봉을 올려다보면
서 숨 고를 때 낫으로 좁은 산길을 점령한 풀을 치면서 마중 나오던
선생님과 조우하였습니다.

"오얏골이라고 이름 지었어. 배나무골이라고도 하지."

전에 배나무가 많았던 곳이라고, 혹은 잠깐 김구 선생이 피신하
러 왔던 곳이기도 하며…….

꿀을 치는 사람이 살고 있다는 허름한 인가를 지나 돌 사이로 졸
졸 흐르는 물길을 따라 오르니 흥부네 집 같은 초가지붕을 인 선생
님의 집이 보였지요. 오르는 길이 힘들었었지요. 그만큼 현미밥에
산야초 반찬, 현미밥 누룽지는 맛있었고……. 눈앞에 떡 버티고 선
반야봉을 바라보며 노루가 내려온다는 마당가에 핀 채송화, 확독에

고인 물에 젖어 보낸 그곳의 몇 시간은 순수의 누림이었습니다.

한 해에 어쩌다 한 번이나 안부 전화를 나눌까 한 선생님과의 사이……. 그러나 그 한 번이 어떤 의미인지 선생님과 저는 알고 있지요. 인생의 친구, 선생님.

인도에서 가져다 준 향낭은 여태도 제 집 현관문 옆에 매달려 있는데, 그새 세월은 참 많이도 흘렀습니다.

선생님이 세속을 떠나 산사람이 된지 몇십 년……. 간간이 인도와 부탄 등을 여행하며 만난 사람들에 대한 얘기를 그 어쩌다 일 년에 한 번 정도 하는 통화에서 전해 듣고, 미국 세도나를 여행할 때 만난 미국 여자 이야기, 세도나에 갔다가 마을로 돌아가던 석양 무렵 길에서 손가락을 세우고 차를 얻어 타려던 선생님 앞에 멈춰 섰다는, 그래서 그 후로 LOVE STORY를 엮어나가기도 했다는 그 에피소드. 두 사람이 주고받았던 영문 편지며, 그 후의 사연도 어쩌다 하게 된 통화에서 흘러나왔지요.

그리곤 훌쩍 강원도로 가셨네요. 방태산 자락의 1,000m 고지에 집을 짓고, 위파사나 수행자들의 방문과, 자연을 그리워하는 도시의 사람들을 맞으며 여태 또 수년을 사셨네요.

그곳에 집을 지은 첫 해, 서울에서 만나 선생님과 같이 그곳의 집을 향해 산을 힘겹게 오르던 기억 새롭습니다. 하룻밤을 큰방에서 위아래로 거꾸로 자던 기억. 며칠간 집을 비워 냉골이던 방은 새벽에야 따뜻해져 빳빳해진 몸을 펼 수 있었습니다.

작년 여름 다시 아들과 같이 강원도 내린천을 따라 그곳에 갔을 때, 낡은 모노레일을 타고 내려온 산신령같이 머리가 허연 선생님을 만났습니다. 떨어질까 무서워 간신히 오른 산 위의 집은 그새 낡았고, 마당의 나무들도 온통 자라 있었습니다. 밭에는 무공해 채소들이 있었지요. 다람쥐와 새들이 다 쪼아 먹고 남은 옥수수를 삶아주셔서 선생님의 양식을 빼앗아 미안함으로 천천히 아껴 먹었습니다.

그 산중에 연못을 파고 송어를 기르시다니. 엉성한 그물망으로 송어를 잡겠다고 이른 새벽에 선생님과 난리를 쳤지만 잽싼 그 녀석들을 한 마리도 잡지 못하고 포기했었지요.

다음 날, 낡은 모노레일을 타고 무서워하며 내려오던 길. 저 아래 내린천이 흐르고, 그 내린천을 따라 오르면 오대산에 이른다고 하였는데 가지 못함을 아쉬워하였습니다.

이제 그새 작년 여름은 추억이 되었습니다. 마을의 트럭을 불러 큰길 버스 타는 곳까지 갈 수 있게 해 주셨고, 비가 올 듯 쌀쌀한 여름 날씨에 산골 동네 슈퍼의 커피를 사 먹으며 오래오래 서울로 가는 버스를 기다리던 일, 아들과 함께 선생님에 대한 얘기를 나누며 무언지 아파왔던 가슴의 여운…….

그것은 다름 아닌 선생님과 언제 다시 조우할 시간이 있을까 하는 생각에서 나온 슬픔이었을 거예요.

지리산 자락의 그 그림 같은 초막은 어찌되었을까요. 마당의 물가득 채웠던 확독과, 그 물위에 떠 있던 지리산의 하늘과, 새벽이면 앞마당까지 내려온다는 사슴은요……. 슬프게도 울던 소쩍새 울음은요…….

그 산자락을 허이허이 오를 때 저 위에서 낫을 들고 마중 나와 서 계시던 선생님, 해 지기 전 내려올 때 낫을 들고 앞장서서 두어 명이 다니는 길이라 풀이 무성해서 풀을 쳐내면서 내 앞을 내려가시다가 이윽고 아랫마을이 보일 때쯤에야 멈춰 서서 손을 흔들던 선생님.

　저는 그곳을 잊지 못합니다. 지리산의 산자락들을 차를 몰고 달리면 늘 오얏골의 선생님 생각이 납니다. 반야봉이 떡 버티고 있었던 그곳, 축지법을 써서 한달음에 반야봉에 한 발을 척 올릴 수 있을 것처럼 느껴졌던 우주적 공간, 그곳을 누리고 계셨던 선생님의 시간 속에 잠시 머물렀던 나의 시간……. 이제 그 슬픔도 추억이 되어 갑니다. 마음을 비울 때처럼 그 슬픔도 비워질 것을 믿지만 그 확독의 물위에 떠 있던 우주는 늘 저의 영혼을 채워줄 것입니다.

한지선 장편소설 『그녀는 강을 따라갔다』를 펴내면서 작품 활동을 시작했다. 장편소설 『여름비 지나간 후』, 소설집 『그때 깊은 밤에』.

봄 숲속, 가을 하늘 같은 분들

황숙

　내가 그분들을 처음 뵌 것은 초등학교 저학년 때로 거슬러 올라간다. 할아버님을 따라 전라북도 교육청 관리국장실에 들어갔을 때, 안경 너머로 깔끔한 인상에 맑은 목소리의 관리국장님을 만나 뵌 것은. 그때마다 학용품 등의 선물을 주시며, 전주비빔밥을 함께 먹었다. 아버님이 살아 계셨더라면 이 건물 안에 계셨을 것이라고 막연히 생각하며 그저 할아버님을 따라 전주 나들이를 했었다.

　후에 들은 이야기로 아버님 친구들과 연락이 된 것은 순전히 그분들의 따뜻함에서 비롯되었다. 고향 익산에 살던 어느 해인가 다송초등학교에서 급한 연락이 왔다. 예고도 없이 도교육청에서 손님이 오셨는데 만년 육성회장이시던 친정 할아버님을 찾는다는 것이었다. 아버님 동료 분들이 학교 앞 도로를 지나시다가 아버님을 기억하시고 다송학교에 들어오신 것이다. 장례식에 참석하셨던 분들

내 생에 가장 빛나던 순간

이고 같이 근무하셨던 학교 관리과 직원 분들이셨다. 선산 옆에 있던 다송학교를 기억하신다 해도 그리운 사람도 없을 그곳을 지나치지 못하는 마음. 생각은 하지만 그것이 행동에 옮겨지기가 그렇게 쉽더란 말인가.

그렇게 해서 우리와의 만남이 이어졌다. 그러나 우리 가족에게 있어서 의도적인 만남은 아니었다. 그분들이 찾아 주지 않으셨다면 우리가 도교육청을 찾지는 않았을 테니까. 어떤 명분으로 그분들을 찾을 것이며 무슨 말을 한단 말인가.

아버님이 도교육청 학교관리과에 근무하신 기간은 1962년 4월 23일부터 이듬해 6월 25일까지 14개월 동안이었다. 1년 남짓 함께 한 동료의 유자녀를 보살피는 것은 너무나 인간적인 그분들의 인품과 인격이 아니고는 불가능한 일이고 동시에 우리들에게는 세상을 다시 바라보게 하는 일이었다. 우리 삼 남매는 자신들의 처지를 비관하거나 세상에 대해 절망할 수가 없었다. 비뚤어진 시각을 가지려야 가질 수가 없었던 것이다.

도교육청 관리국장을 거쳐서 후에 전주 한일고등학교 교장을 역임하신 김재규 교장선생님은 막내 동생을 군산 제일고등학교로 입학하게 하여 주야로 보살펴 주시고, 직접 지도를 해 주셨다. 역시 도교육청 관리국장으로 재직하시던 채정묵 선생님은 필자의 중·고교 시절부터 관심을 가져 주시고, 대학 졸업 후 중등학교 발령에 결정적인 도움을 주셨다. 두 분의 물심양면의 후원은 이루 다 말할 수가 없다.

김 교장선생님은 전주 서신동에 거주하시기에 간혹 안부라도 여쭙지만 전주를 떠나신 채 국장님은 한동안 연락처도 모르고 살아왔다. 내가 결혼한 후 게을리했기 때문이다. 그 후 나는 전주시 교육청에서 주관하는 '은사 찾기' 운동에도 신청했으나 실패했다. 그러나 이렇게 '그냥' 사는 것은 사람의 도리가 아니라고 생각되었다. 그분도 섭섭하리라는 생각이 들었다. 마음이 타기 시작했다. 그 후 김 교장선생님을 통해서 가까스로 연락이 닿아 채 국장님과 통화하던 날을 잊을 수 없다. 전화선을 타고 들려오는 그 맑은 목소리를 확인하고 나는 안도의 한숨을 쉬었다. 사실 이제는 팔순을 바라보는 분이시기 때문에. 여전하신 듯했다. 너무 감사했다. 그 후 우리 형제들이 거주하고 계신 서울로 찾아뵙겠다는 말씀을 드렸지만 극구 사양하시고 기회를 주지 않으셨다.

초가을 어느 날 전주에 내려오신 채 국장님을 뵌 날은 두 세대가 훌쩍 지나간 후가 되고 말았다. 나의 결혼식에서 뵙고, 내 아이들이 결혼할 때가 되었으니 나로부터는 한 세대요, 아버님으로서는 두 세대가 지난 것이다. 남편과 함께한 자리에서 "내 딸이다."고 말씀하시던 표정을, 아버님을 만난 것같이 기쁘다고 하신 그분을 나는 생각만 해도 감사하고 행복하다.

채 국장님은 서울시 남부교육장과 서울시 교육위원회 의장을 끝으로 정년퇴직하셨다. 그리고 평생 동안 교육행정직에 몸담아 실행

하셨던 교육의 경륜과 정책들을 중국 연변대학 겸직교수로서 국외에까지 펼치고 계셨다.

봄 숲속만큼이나 풋풋한 희망을 안겨주시던 분들,
가을 하늘만큼이나 심신을 맑히시던 분들,
당신들이 계셨기에 세상은 차갑지 않았습니다.

부디 나날이 행복하시고 건강하시길 바랐지만 채정묵 님은 2011년 7월 27일 17시 20분에 영면하셔서 우리에게 큰 아픔이 되었다.
그리운 분들이 한 분 한 분 떠나고 장소 또한 사라지고 있다. 그러나 공간 속의 장소는 우리의 관계와 마음을 통해 더 진하게 자리하고 있다. 가슴 저리는 꽃심이 되고 있다.

황숙 1996년 계간『시대문학』(현 『문학시대』)으로 등단. 전북대 대학원 국문학과 박사과정 수료. 익산 황등중학교 국어과 교사를 거쳐 전북대, 전주대, 원광대에서 글쓰기, 독서기법, 고전문학등을 강의했다. 저서 『자유인-나의 아버지 황순재』(공저).

오빠야, 강변 살자

신재순

9월에 크리스마스를 들었다.

크리스마스트리처럼…… 나는 무슨 말인가 했다. 9월 밤에 크리
스마스트리라니……. 다시 귀를 바짝 세우니 반딧불이가 마치 트리
처럼 반짝인다고 했다. 반딧불이 탐사 버스를 탔을 때 필리핀에서
시집온 여자는 제법 가이드답게 반딧불이를 말했다. 그녀의 필리핀
고향에도 반딧불이가 산다는 말이 친숙했다. 버스에서 내려 한참을
논과 밭 사이 풀숲 어귀가 있는 안쪽으로 걸어 들어갔다. 들어갈수
록 빛은 없어지고, 밤하늘이 보이기 시작했다. 어둠에 익숙해진 동
공은 그제야 별을 품었고, 다시 아래쪽으로 시선을 향했을 때 땅 위
에 뜬 별을 보았다. 아니, 9월에 작고 노란 LED등이 반짝이는 것을
보았다. 그러나 무수히 화려한 LED등이라고 착각했던 그것이 움직
였다. 가볍고 느리고도 낮게 날아올랐다 사라지고 다시 다른 빛들

이 날아올랐다.

일순간 반딧불이 천지에 들어왔구나, 했다. 이때쯤 나타나는 반딧불이는 늦반딧불이다. 나 홀로 반딧불이를 찾아 나섰던 어느 밤이 이윽한 무렵, 한두 마리 겨우 볼 수 있을 뿐 좀처럼 모습을 보여주지 않던 반딧불이에 실망감이 컸다. 늦반딧불이는 일몰 후 출현하기 시작하여 1시간 정도 빛을 낸다는 것을 나중에야 알았다. 막연히 짐작하고 당연히 그러려니 했던 일이 또 한번 내 무지를 깨닫게 했다.

반딧불이 서식지가 어디인지 알고부터는 스스로 차를 몰고 반딧불이를 보러 나섰다. 무주에서 후도라고도 하고 뒷섬이라고도 이름 붙여진 섬 아닌 섬에 반딧불이 서식지가 있다. 무주 읍내에 있는 향로산 향로봉에 올라 후도를 보면 안동 하회마을처럼 금강이 휘돌아가며 섬을 이룬 아름다운 정경이 눈에 들어온다. 그 후도 깊숙이 들어가면 반딧불이가 산다. 반딧불이는 일몰 후에 하나둘씩 발광하기 시작하여 무수히 많은 빛을 보여 주었다. 그 불빛을 따라 가만히 손을 내밀어 움켜쥐면 손 안에 반딧불이가 있다. 세상에 이렇게도 순한 곤충이라니. 재빠르지도 않고 해를 입히려고도 하지 않는다. 그러하기에 움켜쥔 손을 살짝 펴고는 꽁지 빛을 따라 눈을 깜박이다 가만히 놓아준다.

나는 축제가 끝날 날들을 기다려 일부러 사람 없는 밤, 반딧불이를 보러 갔다. 많은 밤 반딧불이를 보러 갔다가 반딧불이가 더 이상 빛을 발하지 않을 때까지 기다리곤 했다. 반딧불이가 다 어디로 가 잠이 드는지 궁금했다. 반딧불이의 불빛마저 사라지고 나면 온전한 어둠이 기다리고 있었다. 어쩌면 나는 밤마다 반딧불이를 맞으러 간 것이 아니라 이 제대로 된 어둠을 찾아 나선 것인지도 모르겠다. 반딧불이 때문에 이곳에서는 마을의 불빛을 통제했다. 가로등 불빛도 소등했다. 도시에서는 밤이 되어도 쉬이 깃들지 않는 어둠이 있었다. 더 이상 어두울 수 없으리만큼 어두운 곳에서도 산은 더 어두웠다. 물소리는 끊임없었고 새가 울었다. 몇몇의 짐승 소리가 더 가까이 들려서 어둠은 짙어졌다.

그해 팔월 초에 나는 엄마와 함께 앙코르와트에 갈 예정이었다. 엄마랑 손 맞잡고 엄마랑 딸이랑 나눌 수 있는 정이란 정을 타국에서 돈독히 쌓아 볼 생각이었다. 그 야무진 날을 앞두고 막 연가를 쓰고 나오다 그의 죽음을 들었다. 그가, 죽어 버렸다는 것이다. 세상에 이리 쉬운 죽음이라니. '왜 죽었어요?'라고 어느 누구에게도 물을 수 없었다. 눈물 없이 장례를 치르고, 엄마는 색깔 있는 옷은 죄다 옷장에 넣어 두었다. 앙코르와트에 가기 위해 잡아 둔 연가는 고스란히 장례식을 위한 시간이 되었다.

어둠이 오는 쪽은 어디일까 생각했다. 어둠만 내리는 곳으로 숨고 싶었다. 살아 있는 동안 그를 외롭게 했을 것이란 사실이 두려움이 되어 엄습했다. 여전히 울음은 없었다. 아무나 울 수 있는 것이 아니란 것도 그때 처음 알았다. 묻고 또 물었다. 살아 있는 동안 그의 생이 힘들었을 것이므로 차라리 저세상 길로 나선 것이 잘한 일이라고 생각했다. 그러나 어느 누가 그렇게 말할 수 있단 말인가. 당신에게는 이 세상보다 저세상이 차라리 낫겠군요, 단정 지을 수 있단 말인가. 앙코르와트 사원 벽화에는 죽어서도 계급이 있고, 차별당하는 민초가 있다니 어쩌면 저세상도 이 세상과 별반 다르지 않을 것인가. 반딧불이가 더 이상 날지 않았던 시월 초, 나도 이제 밤마다 이곳에 오는 것을 그만두기로 했다. 그만두기로 마음먹고 작별을 고하는 순간, 그때야 처음으로 오열했다. 오빠…….

크리스마스 밤처럼 설레던 불빛이 다하고 나면 마주했던 어둠, 기다린 시간의 색깔과 어둠의 촉감을 느꼈다. 어릴 적 여름밤 간혹 보았던 개똥벌레, 그때도 이곳처럼 개똥벌레가 많았던 것은 아니었다. 겨우 셀 수 있을 정도였다. 그래도 그 개똥벌레를 같이 보고 같이 만져보았던 이는 오빠였다. 오빠는 화가가 되면 좋겠어. 오빠가 그린 그림을 보며 나는 감탄했다. 오빠는 싫다고 했다. 민아, 너는 정말 그림을 잘 그리네. 커서 화가가 되면 좋겠다. 알파고도 못 그리는 그림을 그리면 좋겠다. 어린 조카는 답했다. 나는 화가 안 될래요. 아빠가 화가는 되지 말라고 그랬어요. 무엇이든 외로워지는 것이 두려워서였을까, 그러면서도 끝내 외로움을 움켜쥐고 죽어 버렸다.

오빠와 함께 개똥벌레를 쫓던 그 시절은 특히 '죽음'이 누구의 것이든, 아직 닥치지 않았음에도 어린 나는 가끔 생각하며 두려워하고, 슬퍼하고 그리고 미리 울었다. 엄마나 아빠가 죽어버리면 어떡할까, 너무 슬퍼서 나도 죽어버리게 되지는 않을까, 아, 그런 일이 닥치면 어떨까, 견딜 수 있을까, 이리저리 생각했다. 어린 내가 그

토록 염려했던 내 혈육의 죽음은 어른이 된 이후 일어났다. 겪어 보니, 그리고 지나고 보니 그 순간은 어쩌지 못할 절망이어도 또 잊고 아무렇지 않은 듯 살게 되더라, 어린 내게 답한다. 그럼에도 여전히 두렵긴 마찬가지다. 누군가의 부음이 갑작스럽게 던져지고 추스르기를 몇 번이나 반복하다 마침내 나도 죽어 버리게 될지, 눈을 감게 될지…….

그렇게 죽어 버린 사람을 끝없이 호명하다 보내고 온 자리. 온전히 평화롭고, 안전하고, 같이 놀 사람이 있었던 유일한 시간은 개똥벌레와 함께했던 어린 시절, 그때가 아니었을까 거듭 돌아본다.

한때 찬란하게 살다간 반딧불이가 떠난 자리를 더듬는다. 이 어둠은 반딧불이가 남긴 빈집인 것만 같다. 이 안에 깃들어 있는 들풀들도 한때의 소란함이 다녀간 뒤, 외로웠을까. 오빠가 살다가 떠난 자리가 그러하듯 젖어 있다. 저녁 풀숲은.

무주 읍내에서 그리 멀리 가지 않아도 되는 곳 후도에는 반딧불이가 살았다. 그리고 지극히 개인적으로는 지난해 한 시절을 그곳에서 보냈던 내 기억도 산다. 해마다 다시 반딧불이는 돌아오고, 해마다 다시 나는 어둠에 묻은 한 사람을 찾아 그곳으로 갈 것이다. 그렇게 8월의 끝자락이나 9월 초입 크리스마스란 말과 '죽어 버렸다'는 부음 사이에 존재하는 말들을 찾아 나설 것이다.

신재순 2013년 천강문학상 동시부문 수상.

3부

오늘은 재미 좀 봤나비?

홍지서림

김자연

    한옥마을과 동문사거리 근처에 볼일이 생길 때면 나는 자석에 끌리듯 홍지서림에 들르곤 한다. 전주시 경원동 동문사거리 모퉁이에 다섯 평 남짓한 책방으로 시작한 「홍지서림」은 현재 50평 규모의 지하 1층 지상 2층 서점으로 전주 지역 문화의 산 역사가 되어 주는 곳이다.

    수많은 책과 다양한 사람이 들락거리는 곳, 잘 진열된 매대. 그 사이를 몇 번 오고 가다 보면 내 안에 숨죽이고 있던 온갖 감정들이 슬금슬금 고개를 쳐든다. 지난날의 추억과 행복했던 시간이 엉뚱한 구석에서 불쑥 나를 잡아당기기도 한다. 책이 주는 위압감, 인기 저자에 대한 묘한 질투와 열등감, 끓어오르는 어떤 오기 같은 것이 섞여 있기도 하다. 서점에서 느낄 수 있는 이런 뜨거운 열정과 시퍼런 자극들이 난 싫지 않다.

    중·고등학교 시절, 내 아지트는 홍지서림이었다. 글 쓰는 사람치

내 생에 가장 빛나던 순간

고 서점과의 인연이 특별하지 않은 사람은 없을 것이다. 그러나 내가 처음 홍지서림을 찾은 것은 책을 좋아해서가 아니었다. 집에 일찍 들어가기 싫었던 이유가 가장 컸다. 늦게까지 일하는 부모님이 집에 올 때까지 시간 때울 장소를 물색하던 차에 학교와 집 중간에 있는 홍지서림이 눈에 들어온 것이다.

화가가 되고 싶었던 중학교 1학년 때만 해도 내 독서량은 친구에게 빌려본 세계명작동화집과 아버지가 즐겨보던 선데이서울, 만화가 전부였다. 그래도 명작동화집은 겉장이 다 닳도록 스무 번 넘게 읽었다. 책 맛을 안 것이다. 책에서 풍기는 특유의 종이 냄새를 꽤나 좋아했다. 사람이 북적대는 공간이 마음을 밝고 편하게 했다. 그 당시 홍지서림은 나에게 단순히 책 읽는 공간이라기보다 편히 놀 수 있는 집이자 재미있는 놀이터였던 것이다.

처음 홍지서림 문을 열고 들어갔을 때의 놀라움과 감격을 나는 지금도 잊지 못한다. 마치 새로운 곳에 입성하는 탐험가의 마음처럼 들뜨고 설레던 기분! 책에서 뿜어져 나오는 잉크 냄새, 다양한 표지 그림, 빽빽한 책들, 서점 안의 독특한 분위기가 단박에 나를 압도했다. 바닥에 쭈그려 앉아 아무 책이나 빼서 그냥저냥 읽다 보면 시간이 훌렁훌렁 잘도 갔다. 책을 펼치면 신기한 것도 많고 새로운 것도 많았다. 아버지가 아파 힘든 시기였음에도 나는 현실에서 멀리 떨어져 홍지서점에서 괜찮은(?) 청소년기를 보내지 않았나 싶다.

차츰 책에 대한 허영심이 생겼다. 나는 어려운 책, 이를테면 니체나 괴테, 파우스트, 톨스토이 아저씨에게로 거침없이 다가갔다. 내

용보다 좀 '있어 보이는' 책, '멋져 보이는' 책을 제목이 최대한 보이도록 45도로 기울여 옆구리에 끼고 다녔다. 겉멋을 한껏 부린 것이다. 이 책 저 책 마음대로 만지고 노는 책바람 호사를 원 없이 누렸다. 어쩌다 좋은 글귀를 발견하면 대단한 보물을 찾은 것처럼 마음이 붕붕 떴다. 덕분에 고등학교에서 세 번의 독서왕이 되어 국어 선생님의 관심도 받았으니.

나는 부모님이 맞벌이 처지에 놓인 친구와 경쟁적으로 홍지서림 문턱을 내 집처럼 들락거렸다. 배가 고프면 그 근처 아리랑제과점으로 달려가 유부와 쑥갓을 올린 가락국수 또는 단팥죽 한 그릇을 시켜놓고 깨소금 씹듯 이야기를 주고받았다. 하지만 그곳에 뻔질나게 발 도장을 찍게 한 또 하나의 중요한 이유가 있었다.

어느 날 서점 구석에서 날마다 열심히 책을 읽는 한 남학생을 발견하고부터였다. 책을 뒤적거리는 그 남학생의 모습이 왜 그렇게 멋져 보였던지. 콩닥거리는 심장 소리가 서점 안에 다 들릴까 가슴이 조마조마하기도 했다. 눈썹이 짙은 그 남학생이 눈에 띄지 않는 날이면 친구와 난 힘이 빠져 시무룩해지곤 했다. 말 한마디 붙여 보지 못한 짝사랑이었다. 그 후부터 친구들과의 약속 장소를 아예 홍지서림으로 정해두곤 했다. 특히 일요일 점심때면 그곳에 더 자주 갔다. 지금도 홍지서림에 가면 풋풋했던 갈래머리 나를 발견하곤 빙그레 웃는다.

알고 보니 홍지서림은 역사도 깊은 곳이다. 1963년에 문을 연 홍지서림은 전주에서 향토 책방 그 이상의 문화적 자산의 가치가 담긴 곳이다. 창업자 천병로 씨가 전주시 경원동에 문을 열었을 때만 해도 전주에는 마땅한 책방 하나 없었다. 나중에 알고 보니 소설가 양귀자, 은희경, 고 최명희 등 전주의 문청치고 이곳에서 '죽치고 앉아' 책을 읽지 않은 이가 없었다고 한다. 이러한 홍지서림은 2000년 대 초반 소설가 양귀자 씨가 인수하면서 한때 북 카페를 만들어 문화 사랑방 역할을 선도하기도 했다. 현재는 전북 최대 서점으로 50여 년째 문학청년들의 가슴을 설레게 하는 장소가 되어주고 있다.

나는 가끔 일부러 책을 사러 홍지서림에 간다. 물론 인터넷으로 책을 주문하면 편리하지만 그곳을 방문했을 때의 설렘을 느끼고 새로운 정보를 얻기 위해서다. 핸드폰이나 전화도 없던 시절, 마땅히 다른 사람과 만날 장소를 정하기 힘들었을 때 홍지서림은 사람과 사람을 연결하는 좋은 장소가 되어 주었다. 나에게 홍지서림은 그저 단순히 책을 사고파는 공간이 아니다. 학창 시절의 추억이 있고 친구와의 우정이 배인 공간, 쉴 수 있는 집이자 부모였으며, 또 다른 나를 만들었던 곳이기도 하다.

김자연 1985년 『아동문학평론』 동화 당선, 1999년 『한국일보』 신춘문예 동시 당선. 저서 『항아리의 노래』, 『감기 걸린 하늘』, 『놀다보니 작가네』.

흑백 기억 속 노란 칼라

박서진

    나는 길치다. 한 번 가본 길은 절대로 찾지 못한다. 두 번을 가도 찾지 못한다. 세 번을 가도 익숙하지 않고, 네 번 다섯 번을 가야 찾을까 말까 한다. 내게 있어 길은, 지금 머무는 곳 시야 내에서만 또렷하다. 움직이면 곧 퍼즐처럼 흩어져 버린다. 내가 서 있는 10미터 반경으로 조각조각 나뉜 뒤 서로 섞여 버린다. 조각보 같은 그 길은 또다시 새 길이 되고 마는 것이다. 그러다 보니 방콕 기질이 심하다. 길치라 방콕 기질이 생긴 것인지, 방콕 기질이 심하다 보니 길치가 된 것인지 그건 나도 잘 모른다. 하지만 새로운 곳을 가거나 탐색한다는 것은 내게 적지 않은 모험이다.

    폐일언하고 전주로 이사를 왔을 때 가장 먼저 한 일은 주변 길을 탐색하는 것이었다. 우선 가까운 곳부터 시작한다. 물론 직선 길부터다. 내가 처음 정착한 곳은 송천동이었다. 아파트를 나와 오른쪽으로 꺾어진 직선 길을 따라 걸으면 송천역이 있고 그 어디까지 가

면 교도소가 나온다고 했다. 나는 아침이면 아이들을 등교시키고 직선 길을 따라 송천역까지 맨발로 걸었다.

그때가 하마 20년 가까이 되었으니 지금처럼 개발이 안 되었을 때였다. 송천역까지 가는 길 양쪽 주변은 논이 있었고 포도밭이 있었다. 길을 따라 걸을 때 울어대는 휘파람새 소리를 들으며 산책을 하고 집에 돌아와 글을 쓰곤 했다. 직선 길이 익숙해지자 골목길 탐색이 시작되었다. 돌담길, 벽돌길, 높은 담, 낮은 담이 있는 길을 따라 동네를 익혔다. 몇 번을 가다 보니 처음엔 나를 보고 짖던 개도 꼬리를 흔들었던 기억이 난다.

외국에 나가서 그 지방 음식이 입에 익숙해지면 그곳에 정착하게 된 거라고 말한다. 내겐 길에 익숙해지면 그 동네가 내 동네로 인식되었다. 하지만 일 년쯤 되어 나는 다시 지금 살고 있는 중화산동으로 이사를 하게 되었다. 그곳은 송천동보다 개발이 조금 더 빠른 곳이었다. 이동교를 지나면 논이 펼쳐져 있었는데 나는 가끔씩 논길을 걸으며 송천동 길을 그리워하곤 했다.

그러던 어느 날, 남편이 가까운 곳을 돌자고 했다. 일 년여 동안 간 곳도 많았다. 변산이며, 지리산, 마이산 등 전주에서 가까운 곳은 다 다녀왔다. 남편은 나를 어디 데리고 가는 걸 은근 좋아한다. 길치인 내가 남편이 늘 새로운 곳으로 데려 가는 줄 알기 때문이다.

"당신은 어쩜 이렇게 좋은 곳을 많이 알고 있어요?"

감탄을 하면 남편이 겸연쩍게 대꾸한다.

"세 번째 가는 곳이거든."

그런데 그날 간 곳은 전주 외곽이 아닌 시내였다. 남부시장 싸전 다리라는 곳을 지나 전동성당을 보면서 눈이 휘둥그레졌다. 그리고 핸들을 오른쪽으로 꺾어 성당 정문 쪽으로 지나치던 중 나는 보았다. 놀라운 광경을!

그곳은 온통 노란색이었다.

경기전 앞에 서 있는 은행나무들이 노란 은행잎을 수북이 떨어뜨려 길을 지워 버렸다. 늦가을 오후여서인지 사람도 없었다. 은행나무들은 황금 융단을 깔아 놓고 수문장처럼 굳건하게 서서 경기전을 지키고 서 있었다. 바람이 불었던가? 느껴지지도 않았건만 은행잎들이 하나둘 슬로비디오처럼 떨어졌던 것 같다.

그 찬란한 풍경을 보면서 한참 동안이나 멍하니 서 있었다. 그리고는 안으로 들어가 이성계 어진을 뵈었다. 사람이 없었지만 적막해 보이지 않았다. 왕께서는 지극한 사색에 잠겨 있는 것처럼 보였다.

그날, 그 시간부터였다. 그때부터 전주가, 완전히 내가 안착해야 할 곳으로 여겨졌다. 원해서가 아닌, 남편의 사업 실패로 인한 자구책으로 이사를 온 도시였다. 안정이 되면 예전에 살던 곳으로 다시 올라가려고 마음먹고 있었다. 그런데 그것을 다 잊게 할 만큼 그곳은 나를 압도해 버렸다.

그 뒤로 한동안 그곳에 가지 않았다. 다음해 늦겨울이 되어서야 나뭇잎을 다 떨어뜨린 은행나무가 그 자리에 꿋꿋이 서 있는 것을 확인했다. 그리고 경기전에 들어가 다시 어진을 뵈었다. 태실과 사고를 둘러보고 처마에서 뚝뚝 떨어지는 봄물을 툇마루에 앉아 지켜보았다. 그리고 노란 은행잎 거리의 아쉬움을 상쇄시켜준 초록빛 대숲의 찰랑거리는 노랫소리를 들었다.

지금도 전주를 떠올리면 가장 먼저 경기전과 노란 은행나무가 생각난다. 마치 한 장의 흑백사진처럼 각인되어 있는 곳이다. 그 가운데 노란색이 펼쳐져 있다. 흑백 기억 속의 노란 칼라로.

이제는 한옥마을로 불리는 그곳에 갈 일이 생겨서 간다. 작가회의 회원이 되어 최명희문학관에서 가끔 모임을 갖기 때문이다. 지금 그곳은 완전한 칼라다. 언제나 마음대로 드나들 수 있었던 경기전도 요금을 내야 하는, 연간 100만 명이 찾는 관광지가 되어 버렸다. 거리엔 사람들로, 활기로 넘쳐난다. 노란 은행나무 아래서 웃으며 사진을 찍는 사람들도 보았다. 그때 난 그런 생각이 들었다. 마치 나만 짝사랑하던 사람을 모두가 좋아하게 되어 버린 듯한.

그곳뿐만이 아니다. 내가 맨발로 걸었던 송천역 가는 길은 상업지구로 바뀌었고, 이동교 건너 논밭은 도청과 방송국과 마천루 같은 아파트와 커다란 건물들이 키를 겨루는 도시가 되어 버렸다.

변하지 않은 건 내가 여전히 길치라는 사실이다. 물론 내비게이션이라는 편리한 기계가 발명되어 예전보다는 훨씬 더 수월하게 길을 찾는다. 하지만 그렇게 여러 번 갔어도 최명희문학관에 갈 때 꼭 한 번씩 헤매고 간다. 지금도 제일 어려워하는 질문은 내게 길을 묻는 것이다. 그리고 내게 가장 큰 찬사는 "잘 찾아오셨네요."이다.

아무리 헤매도 최명희문학관이 경기전 가까이 있어서 나는 좋다. 내 마음을 전주에 붙들어준 곳, 내 기억 깊은 곳에 절대로 지워지지 않은 한 장의 사진이 그곳에 있으니.

박서진 2002년 「전북도민일보」 신춘문예 소설 당선. 2009년 「대전일보」, 「경상일보」 신춘문예 동화 당선. 2014년 「고민 있으면 다 말해」로 푸른문학상 수상. 동화책 「세쌍둥이 또엄마」, 「남다른은 남달라」, 「변신」, 「숙제 해간 날」, 「건수 동생, 강건미」.

11월, 전주

김저운

거리가 온통 노란 띠로 이어져 있다. 호남제일문으로 들어서면 팔복동 덕진동 금암동…… 완산동 용머리고개를 넘으면 다가동 전동 풍남동……. 큰 도로 양쪽에 줄지어 서 있는 은행나무 가로수 잎들이 아주 노랗게 물들었다. 노란 축제는 도시 한복판으로 들어올수록 질감이 더해진다.

버스를 기다리는 사람들의 어깨 저편에도, 노점상 노파의 무릎께에도, 음악사에서 들려오는 가수의 노랫소리 끝에도, 은행잎들이 팔랑팔랑 떨어진다.

나는, 전주의 계절 중 가장 아름다운 때가 11월이라고 생각한다. 도대체 어쩌자고 이 도시의 곳곳에 저렇게 많은 은행나무를 심었단 말인가. 팔달로 백제로 경계를 이루는 큰길에서부터, 작은 골목 어귀며 모퉁이, 내 교직 생활 중 마지막으로 근무했던 고등학교 교문

에 이르기까지, 은행나무 행렬은 끝이 없다. 아, 그리고 가을이면 넓은 뜰에 온통 노란 이불을 깔아 놓는 향교의 은행나무!

가을이 깊어가면서 거의 한꺼번에 물든 그 잎새들은 하나둘 아다지오로 떨어지기 시작하다가, 11월 중순을 넘으면 비바체로 진다. 노란 사선으로 빗발치는 무늬로 늦가을 도시는 우수조차 잠시 화려하다.

나에게, 전주의 첫인상은 은행잎들과 세일러복으로 기억된다.

고등학교 1학년 때였던가, 내가 살던 부안에서 처음으로 전주에 왔다. 당시 시민문화관 — 현재의 전북예술회관 — 에서 전북학생 예술제가 열렸는데, 글짓기 부문에서 상을 받기 위해서였다.

처음으로 큰 도시에 왔다는 설렘과 상을 받는다는 흥분으로 나는 좀 들떠 있었다. 하지만 음악 무용 같은 화려한 순서에 밀려 마지막 시상식을 기다리는 동안 몹시 지쳐 버렸다. 게다가 인솔 교사도 없이 혼자이고 보니, 나 자신이 초라하고 외롭게 느껴졌다. 가까스로 버티다 행사가 끝난 후, 질식할 것 같은 장소에서 서둘러 빠져나왔다. 찬바람이 훅 불어왔다.

그때였다. 노란 잎이 빗발치듯 시야를 가렸다. 그 현란함에 당혹스러워진 나는 걸음을 멈추고 거리를 바라보았다. 도시가 이렇게 아름다울 수 있다니…….

까르르…… 날리는 이파리들만큼이나 맑은 웃음소리가 아득히 서 있는 내 귓속으로 쏟아졌다. 맞은 편 도로에서 시내버스를 기다리는 성심여고생들이 한눈에 들어왔다. 은행잎 떨어지는 포도 위 세일러복 여학생들의 모습. 나는 그들이 몹시 부러웠다. 노란 은행나무 아래 세일러복은, 그들을 더욱 돋보이게 하는 것 같았다.

그 풍경이 순간의 것으로 사라지지 않고 영화의 한 장면처럼 오래도록 각인된 까닭은 무엇일까? 아마도 저 은행잎의 이미지 탓인지도 모른다. 모든 것들이 쇠락하는데, 미치도록 화사한, 그러면서도 순진무구한 저 은행잎들의 이미지 탓이리라.

전에는 노란 색깔을 폄하했었다. 그저 경박하다, 지나치게 화려하다, 싫었다. 철학이 없는 색깔로 보았다. 그런데 언제부터인가 느낌이 달라지기 시작했다. 천연덕스럽다는 것. 그 천연덕스러움은 단순한 것 같지만 단순함이 아니라는 것. 오히려 많은 것들을 품고 걸러낸 데서 오는 자연스러움이며 의연함이라는 것. 하물며 자연이 끌어올리는 색깔이라니. 수억 년 전 중생대부터 품어온, 변치 않는 색깔이라니……

나는 죽음도 은행잎 떨어지듯 그렇게 맞고 싶다. 비통하고 무거운 모습이 아닌, 한껏 물들었던 은행잎이 가볍게 지듯 그렇게. 아무렇지도 않게. 그래서 인생이라는 게 실은 단조롭고 가벼운 것에 불과했음을 증명하고 싶다.

그리고 수의(壽衣) 또한 저 은행잎처럼 화사했으면 좋겠다. 아무것도 입히지 않은 나신에 은행잎이나 듬뿍 덮어줬으면 한다.

나를 기억하는 이들이 찾아 준다면 무겁고 슬픈 안부는 사양하리

라. 대신 조지 윈스턴의 「가을」 같은 피아노곡이나 들려줬으면. 가볍고 경쾌한 터치, 나뭇잎들이 우수수 몰려가는 듯한 투명한 선율, 그 맑은 쓸쓸함…… 그것으로 내 흔적을 반추하며 소주나 한잔 따라 주었으면.

훅, 불어오는 바람에 노란 은행잎들이 빗발치듯 흩날린다.
마른기침을 쿨럭이며 느릿느릿 움직이는 노파의 시든 채소 위에도 아무 거리낌 없이 내려앉는다. 노파는 성가신 표정으로 그걸 집어 바닥에 던져버린다.
여자의 높은 구두 굽에, 달리는 차바퀴에 깔리는 잎새들.
나는 흠칫 놀란다. 화사한 수의를 꿈꾸던, 은행잎에 대한 감상이 압사 당한다.
어느 날 이른 아침 출근길에서 본 장면이 스쳐간다. 허리 구부정한 청소부가 빗자루를 들고 은행나무 가지를 연신 털고 있었다. 끝도 없이 떨어져 쌓이는 이파리들이 지겨웠던 모양이다.

그 기억의 시야를 가리며 우수수…… 여전히 은행잎은 떨어지고 있다.
노란 비, 은행잎 축제…….

11월에 전주를 처음 찾아온 사람이 있다면, 그는 이 도시를 떠올릴 때 은행나무 가로수를 함께 기억하리라. 그가 만약 사랑하는 사람을 만나러 왔던 길이라면, 이 풍경 속의 사람이 더욱 아름답게 새겨질 것이다. 그러나 사랑하는 사람과 헤어져 돌아가는 길이라면, 그 아픔은 더욱 깊을 테지? 그리고 언젠가 그 사람은 잊어도, 이 도시의 11월은, 은행잎 하르르 날리던 풍경은, 오래도록 잊지 못할지도 모른다.

11월, 전주.

은행잎 지는 거리에 내가 서 있다. 누군가 나를 찾아왔으면 좋겠다. 그가 호들갑 떨며 안부를 묻지 않았으면 한다. 그저 묵묵히 저 길을 같이 걷고 싶을 뿐이다. 나는 그와 함께 도심의 거리에서부터 향교의 뜰, 그리고 승암사에서 자만마을에 이르기까지 그 노란 길들을 걸을 것이다.

김저운 전주대 국어교육과 졸업. 1985년 「한국수필」, 1989년 「우리문학」으로 등단. 전북작가회의와 한국작가회의 회원. 전북수필상, 「작가의 눈」 작품상 수상, 소설집 「누가 무화과나무 꽃을 보았나요」, 산문집 「그대에게 가는 길엔 언제나 바람이 불고」, 휴먼르뽀집 「오십미터 안의 사람들」.

나는 꽃씨였다

박예분

"버려진 섬마다 꽃이 피었다."

『칼의 노래』첫 문장처럼 간결하게 살고 싶었다. 어디서든 거리낌 없이 뿌리내리며 꽃을 피우고 싶었다. 그래서일까, 꽃망울 터지는 소리만 들어도 가슴이 뛰었다. 꽃봉오리가 비에 젖으면 나도 젖었고, 꽃이 피는 곳마다 내가 있었고, 꽃길을 따라 아련한 기억들이 피어났다.

우리 집에 오신 친정 부모님과 잠깐 바람 쐴 곳을 찾았다. 자가용이 없는 관계로 멀리 가는 것은 무리였다. 딸내미가 스마트 폰을 만지작거리더니 마땅한 곳을 안내했다. 집에서 가까운 10분 거리, 무엇보다 꽃이 지천으로 피었단다. 이 가을에 꽃이라니! 나는 귀가 번쩍 뜨였다. 더 이상 망설일 필요가 없었다. 어서 갑시다, 꽃을 좋아하는 어머니의 팔을 끌었다. 그냥 집에 있자, 어머니는 부드럽게 거절했다.

옥정호를 끼고 전망 좋은 산허리에 사는 어머니는 늘 입버릇처럼 말했었다. 어딜 가도 내 집에 핀 꽃이 제일 예쁘고 사랑스럽다고. 뭣하러 멀리까지 돈 버리고 꽃구경 가느냐고. 그제야 나는 눈치를 챘다. 일단 거절한 것은 당신 딸내미의 호주머니 사정을 생각하는 제스처였다는 것을. 이번엔 내 차례. 스마트 폰에 검지를 대고 앱에서 다운받은 네이버 지도에서 길 찾기를 탐색했다. 우리 집에서 양묘장까지 택시요금 4,700원이었다. 이쯤에서 나도 액션이 살짝 필요했다.

"이것 봐, 택시비가 기본요금 정도밖에 안 나와요!"

어머니는 그제야 귀를 바짝 열었다. 기본요금이 얼마냐고 묻지도 않았다.

"그렇게 가까워?"

어머니가 흔쾌히 일어섰다. 아버지도 따라 나섰다. 어서 가자, 라는 말을 앞세우고. 콜택시를 불러 5분쯤 달리자 전라선 복선화 사업으로 폐역이 된 아중역이 코앞이다. 폐선 부지에 레일바이크를 운행하여 도심에 색다른 즐거움을 주고 있는 곳이다. 거기서 1킬로쯤 달리자 좌측으로 전주시 양묘장의 팻말이 보였다. 사람들의 발걸음이 제법 많았다. 안내도를 살폈다. 행치봉 산자락을 타고 그 아래 자연생태체험학습원과 꽃향기가 머무는 전주시 양묘장이 있었다.

이곳 양묘장에서 생산된 묘목으로 전주 시내에 아름다운 꽃밭을 조성하고 있었다. 연간 7백만 명의 관광객이 찾아오는 한옥마을 경기전 앞 꽃밭을 비롯하여, 연중 이동 인구가 많은 덕진광장, 노송광

장, 동물원, 나들목인 명주골 네거리와 요즘 한창 마중길을 내고 있
는 전주역 근처 등 곳곳에 꽃향기를 전하고 있다.

그런데 어쩐된 일인가. 우리가 발을 딛고 있는 그곳엔 꽃이 보이
지 않았다. 아래쪽에 자리 잡은 양묘장에는 즐비하게 늘어선 비닐
하우스들만 하얗게 일렁거렸다. 꽃이 벌써 다 져버린 건 아니겠지,
은근히 걱정이 되었다. 아버지는 지팡이에 의지한 채 먼 산을 바라
보았다. 어머니의 시선도 말없이 꽃을 찾고 있었다. 사람들이 위쪽
으로 올라갔다. 우리도 그 뒤를 자연스럽게 따라가 보았다.

하늘에 곧 닿을 것 같은 계단을 오르니 별천지가 따로 없었다. 널
따란 코스모스 꽃밭이 펼쳐졌다. 와, 너도 나도 감탄이 절로 났다.
전주에 이런 곳이 있었다니! 경중경중 뛰어가 꽃들에게 묻고 싶었
다. 어쩌면 이렇게 예쁘게 필 수 있느냐고. 가을 햇살에 연분홍, 진
분홍, 하얀색, 보라색, 노란색, 주홍색 코스모스들이 손을 흔들며 반
겼다. 나는 금세 마음이 따뜻해졌다.

사람들은 꽃밭에서 마냥 어린아이가 되었다. 꽃처럼 환하게 웃는
얼굴로 사진을 찍었다. 어머니는 사진 찍기를 사양했다. 쪼글쪼글한
얼굴 볼품없다고. 나는 몰래몰래 어머니의 뒷모습을 스마트 폰 카
메라에 담았다. 한껏 꽃물이 든 어머니의 모습을 멀리서 끌어당겼
으나 한계가 있었다. 폰으로 찍고 나서 화면을 확대해 보면 흐릿했
다. 좀 더 가까이에서 찍고 싶었다. 아버지는 마다하지 않고 마냥 웃
었다. 어머니는 자꾸만 내게서 멀리 떨어졌다.

그래도 포기할 수 없었다. 어머니 주위를 돌며 줄곧 너스레를 떨

었다. 그런 내 모습이 아버지 눈에 가상하게 보였나 보다. 아버지가 어머니 옆으로 슬며시 다가갔다. 언제 이곳에 또 올 수 있겠느냐며. 어머니는 마지못해 아버지와 나란히 꽃밭에 파묻혔다.

"아, 이왕 찍을 것이면 잘 찍어야지."

아버지의 한마디가 어머니의 팔을 바짝 당겼다. 어머니는 배롱나무처럼 싫지 않게 웃었다. 찰칵, 찰칵! 가을바람에 코스모스가 흔들렸다. 어머니는 점점 어여쁜 소녀처럼 수줍게 웃었다. 아버지는 달빛 아래 설악초처럼 행복해보였다. 나는 그 순간을 놓치고 싶지 않았다. 찰칵, 찰칵! 평생 우리 가정에 순정을 다 바친 어머니의 헌신과 사랑으로, 삶의 무게가 버거울 때마다 주(酒)님을 옆구리에 차고 다니던 아버지의 설움으로, 내가 이렇게 피고 있다는 것을 그제야 알았다.

나는 아버지 박씨와 어머니 이씨 사이에서 태어난 박씨가 아니라 꽃씨였다. 사람과 사람이 낳은 사람꽃이었다. 누군가의 가슴에 한번 뿌리를 내리면 평생 지지 않는 꽃, 간혹 감당하기 힘든 바람이 불어도 순정한 코스모스들처럼 웃음꽃을 피워야 하는 꽃이었다. 삶이란 그렇게 누군가를 위해 꽃 한 송이 곱게 피워내는 일이었다. 꽃봉오리 속에 웅크린 작고 여린 꽃잎 하나하나가 서로 어깨 겯고 마음과 마음을 포개 예쁜 꽃을 피워내는 것처럼.

집으로 돌아가는 길에 또 콜택시를 불렀다. 차에 타고 기사님께 정중히 부탁했다. 아중호수를 한 바퀴 돌아서 가주면 좋겠어요, 기사님이 백미러로 우리 가족을 흐뭇하게 바라보았다. 그때 어머니가

내 옆구리를 찔렀다. 또 뭣 하러 쓸데없이 빙 돌아가느냐는 눈치였
다. 그래봤자 택시 요금 천 원 차이라고 얼른 어머니의 입을 막았다.

그날 우리가 다녀온 곳은 호동골 쓰레기 매립장이었다. 15년 전,
내가 검은 비닐봉지에 천 원짜리로 십여만 원을 넣어두었다가 쓰레
기인 줄 알고 버렸다. 한 시간 후쯤 그 사실을 알고 부랴부랴 택시
를 타고 달려갔던 곳, 인후동 일대의 온갖 쓰레기를 수거해 가지고
들어오는 차를 발 동동 구르며 기다렸던 곳이다. 쓰레기차가 토해
내는 쓰레기 더미를 헤치며 나는 그 돈을 찾아내고야 말았다. 그처
럼 절박했던 돈을 찾고 나서야 나는 퀴퀴한 냄새가 코를 찌르는 것
을 감지했다. 그렇게 버려진 쓰레기 더미에서 어제도 오늘도 꽃이
피었다. 그렇게 가을볕 좋은 날, 코스모스 꽃밭을 바라보며 내 안의
우주를 만났다. 만약 그때 내가 그 돈을 찾지 않았더라면 어찌 되었
을까. 아마도 코스모스 대신 냄새 고약한 돈꽃이 피었을지도 모르
겠다.

박예분 2003년 『아동문예』 문학상으로 등단. 2004년 「동아일보」 신춘문예 당선. 동시집 『햇덩
이 달덩이 빵 한덩이』, 『엄마의 지갑에는』, 동화집 『이야기 할머니』 아동청소년 역사논픽션 『뿔난
바다』, 그림책 『피아골 아기고래』 등. 전북아동문학상 수상, 문화예술위원회 창작기금 수혜, 아
르코문학창작기금 수혜.

산서라는 곳

안도현

　1994년 3월, 오랜 해직 교사 생활이 끝나고 나는 시골에 있는 한 작은 고등학교로 발령을 받게 된다. 산서고등학교. 난생처음 들어보는 학교 이름이었다. 우리나라 지명 중에 '山' 자가 들어가는 곳은 대체로 산세가 순탄치 않은 곳에 자리 잡은 오지이기 일쑤인데, 실제로 발령장을 들고 더듬더듬 찾아간 그곳은 말 그대로 산토끼하고 발맞추기 딱 안성맞춤인 곳이었다. 게다가 산서에는 그 흔한 하숙집도 하나 없어서 나는 결국 자취를 하기로 마음을 먹었다. 면사무소 앞에 있는 우리 반 학생 집 아래채에다 한 달에 3만 원을 내는 방을 하나 얻었다. 슬레이트 지붕 아래로 고개를 숙이고 들어가면 연탄아궁이가 딸린 부엌이 나오고, 방문을 열면 라면 상자만 한 창이 달린 방이 하나 있었다. 봄이 오기 전이었는데, 연탄불은 왜 그렇게 자주 숨을 놓아 버리는지……. 내가 가르치던 용성이와 그 집 식구들이 아침저녁으로 살펴주지 않았다면 나는 여러 날 밤을 꽁꽁

언 불알로 웅크리고 잠을 잤을 것이다. 거기서 1년 가까이 마당에 있는 수도꼭지 앞에 쪼그려 앉아 쌀을 씻고, 걸레를 빨았다. 그리고 시를 썼다. 시집 『그리운 여우』에 들어가 있는 대부분의 시는 그 집의, 그 방에서 엎드려 쓴 것들이다.

산술적으로 80년대는 1989년에 끝났고, 모순투성이인 세계를 바꾸고자 하는 열망으로서의 80년대는 현실 사회주의의 몰락과 함께 1991년 무렵에 막을 내린 것 같다. 그런데 나의 80년대는 복직하기 직전, 그러니까 1993년까지는 지속되었다. 복직은 모처럼 찾아온 기쁨이었지만, 그것은 다른 한편으로는 '쓸쓸한 절반의 승리'였다. 전교조 활동을 하지 않겠다는 각서를 쓰고 신규 채용 형식으로 학교로 돌아간 것이었다. 우리는 거리에서 머리띠를 두르고 싸웠으나, 돌아간 학교는 변한 게 아무것도 없었다. 세상이 벽처럼 느껴졌다. 그 벽을 무너뜨리는 싸움을 다시 시작한다는 것은 무모한 일이었다. 무엇보다 나는 지쳐 있었다. 동지는 간 데 없고 깃발만 나부끼는 참담한 세월 속에서 내가 유일하게 할 수 있는 것은 그나마 시를 쓰는 일뿐이었다. 돌아보면 80년대는 현실의 신명과 시의 신명이 일치하던 시기였다. 현실과 시는 서로 앞서거니 뒤서거니 하면서 마치 기관차처럼 내달릴 수 있었다. 시가 예술성이라는 고전적인 울타리를 넘어 탈선을 감행해도 용인을 해 주던 시대가 끝나자, 기관차도 기관사도 승객들도 모두 길을 잃고 망연히 철길 가에 주저앉아 버렸다. 나는 다시 시작하고 싶었다. 탈선한 시를 철길 위로 올려놓으려면 그동안의 시 쓰기에 대한 전반적인 점검이 필요하다고 생

각했다. 지긋지긋한 동어반복으로 언어를 남용한 것, 한 편의 시에
다 언제나 힘주어 마침표를 찍으려고 욕심을 부린 것, 말의 묘미보
다 사회적 메시지의 선도성에 더 관심을 기울인 것, 시에 행과 연이
있다는 것을 거의 망각하고 지낸 것……. 반성해야 할 것들이 낙숫
물처럼 발밑에 톡톡 떨어졌다.

  교실 안은 지겨웠으나, 교실 바깥은 희한한 것 천지였다. 봄에는
아이들하고 호박을 심었다. 여름내 쉬는 시간에는 물을 주었고, 애
호박이 먹기 좋게 매달렸을 때는 날을 잡아 호박전을 부쳤다. 개나
리도 심고 해바라기도 심었다. 틈이 날 때마다 산길을 걸었다. 아,
이 산에는 춘란이 많이 있네. 우리는요, 그걸 꿩밥이라고 불러요. 겨
울에 꿩들이 그 파란 잎을 뜯어 먹는대요. 길이 없는 깊은 산길도
걸었다. 아이들이 마른 억새를 헤치고 앞서서 한차례 지나가고 나
면, 거기에 없던 길이 또 생겨났다. 가재도 잡고, 밤도 땄고, 낚시도
다녔다. 들길도 걸었다. 모내기가 끝나고 나면 논물 위에 파랗게 뜨
는 개구리밥을 나는 논둑에 앉아 오래오래 바라보았다. 햇빛이 한
해 동안 나락을 어떻게 익혀 가는지를 생각하면서. 철마다 꽃들이
피고 지는 게 예삿일이 아니었다. 이 꽃의 이름이 뭔지 아니? 선생
님, 그거 계란꽃이잖아요. 하얀 꽃잎 가운데 노란 꽃술이 들어 있는
개망초꽃을 아이들은 그렇게 부르고 있었다. 교무실 안으로 작은
새와 잠자리들이 날아드는 그곳에서 나는 자연을 그야말로 자연스
럽게 관찰하는 행복을 누렸다. 자연, 그것을 거들떠보는 일이 배부
르고 할 일 없는 자의 사치라고 여기던 내가 사치스럽게도 자연 속

으로 마음을 들이밀고 있었다.

　생명이 없는 사물에 사람의 감정을 갖다 입히는 의인법은 수준 높은 수사가 아니다. 까딱 잘못하면 유아적 발상의 한계를 벗어나지 못할 위험도 있다. 그것은 대상과의 내통을 꿈꾸지 않고 그 대상에게 감정을 일방적으로 주입할 때 생기는 현상이다. 강물이 하하 웃는다, 자동차가 코를 골며 잠을 잔다는 식의 표현은 얼마나 허무맹랑한가. 생명이란 누가 누구에게 억지로 주입하는 게 아니라 서로서로 나누는 것이다. 한 그루의 나무가 있다고 치자. 시인은 그 나무를 그저 물끄러미 바라보기만 해서는 안 된다. 그 나무가 서 있는 자리로 가서 그 나무가 서 있었던 시간만큼 나무가 되어 서 있어 보아야 한다. 그리고는 나무를 시인의 자리에다 갖다 앉힐 줄 알아야 할 것이다. 최대한 예의를 갖추고 겸손하게 말이다. 그래야 시인도 나무가 되어 가지를 벌리고 잎을 매달 수 있다. 강과 들꽃과 벌레하고의 관계도 마찬가지다. 그것을 자연과의 내통으로 불러 보면 어떨까 싶다.

　　　어린 눈발들이, 다른 데도 아니고
　　　강물 속으로 뛰어 내리는 것이
　　　그리하여 형체도 없이 녹아 사라지는 것이
　　　강은,
　　　안타까웠던 것이다
　　　그래서 눈발이 물위에 닿기 전에

몸을 바꿔 흐르려고

이리저리 자꾸 뒤척였는데

그때마다 세찬 강물 소리가 났던 것이다

그런 줄도 모르고

계속 철없이 철없이 눈은 내려,

강은,

어젯밤부터

눈을 제 몸으로 받으려고

강의 가장자리부터 살얼음을 깔기 시작한 것이었다

「겨울 강가에서」도 그렇게 써졌다. 눈 내리는 겨울 날, 강가에 가
거든 강물이 되어 한 번 엎드려 봐라. 강물 속으로 뛰어내리는 어린
눈발들이 안타까워 당신도 강의 가장자리부터 살얼음을 깔고 싶어
질 것이다.

안도현 1984년 「동아일보」 신춘문예 시 당선. 시집 『서울로 가는 전봉준』, 『북항』, 어른을 위한
동화 『연어』, 동시집 『남남』, 『기러기는 차갑다』.

계화도 수문

김성숙

"지미, 좃되아버릿다!"

이쯤에서 툭 튀어나오는 목소리로 보아 영근이가 틀림없었다.

"오메!"

주댕이가 시꺼멓게 물든 걸로 보아 해장부터 먹때왈을 한 줌은 집어먹은 모양이다.

"잡것! 놀랬잖어!"

허공을 가르는 힘없는 주먹질에 짐짓 놀랜 듯 도망치는 시늉을 하는 영근이.

이내 구렁이 같은 웃음을 검게 물든 이빨 사이로 흘리며 슬그머니 옆으로 돌아왔다.

"들었지?"

"뭣을?"

"못 들었어?"

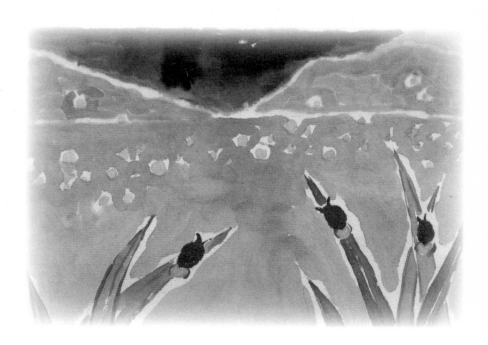

아침 공기는 언제나 먹음직스럽다.

특히 이맘 때 공기는 촉촉하고 시원하니 큰 숨 들이마시면 커억 트림이 절로 나올 듯하다.

"뭣인디?"

"수문 아래서 뭣이 나왔다잖냐. 방냄이가 그러는디 어저끄 동네 사람들 모여서 회의를 했다드라. 인자 당분간은 수문 아래서 낚시 못 허게 헌다고. 아, 근디 왜 우뗠이 뭘 잘못혔다고 불똥이 여그로 튀냐고? 그 근방으로 애뗠은 발걸음도 허지 말라고 혔단다. 지미!"

검은 입술 사이로 불온한 소문이 비집고 나와 아침 공기를 탁하게 만들고 있었다.

"방냄이 아저씨?"

방남이 아저씨는 우리 동네 바보다. 나이는 마흔이 훨씬 넘었는데 언제 무슨 일로 그리 됐는지 영 바보가 되어 버렸다. 사람 노릇을 반 푼도 못 하는 터라 옆에 있어도 본 둥 만 둥, 아마 동네 어른들도 그래서 방남이 아저씨가 듣고 있다는 걸 무시하고 비밀 얘기를 나눴을 터였다.

"글서 뭣이 나왔는디?"

"글서 수철이네 아부지도 코 빠뜨리고 있다대야. 낚시꾼이 와야 횟집도 장사가 되는디 인자 낚시를 못 허게 허면 가네 집도 포리 날리지 않겠어? 까고 말혀서 낚시꾼이 그것을 걸어 올린 것이 잘못이냐? 아, 내 말이 안 맞냐? 근디 방냄이가 그러는디 전번에 하리 아줌니 하나가 수문 우그서 석화 캐다가 반지를 잃어버렸다잖어? 거그 어디 놀롤허니 닷 돈짜리 금반지가 낑가 있을 판인디 찾는 놈이 임자 아녀? 어? 나 도시락 놓고 왔다, 아우 씨, 너 먼저 가잉?"

"아, 뭣이 나왔는디!"

멀어져가는 영근이 등판에서 내 목소리가 튕겨 나왔다.

수문은 좀체 열리는 일이 없었다. 저 녹슨 철문의 끝이 어디까지 내려가 있는지 알 수 없게 가끔 들어올리기나 하는지 믿을 수 없게 무서운 무게로 좁은 바닷물을 뚫고 박혀 있었다. 이 동네가 내가 태어나기 전에는 섬이었다는데, 육지로 연장시키면서 저 수문이란 게 생겨났다 했다.

그 수문이 완고하게 출입을 가로막은 시커먼 바닷물 속에 과연 무엇이 살기나 하는지, 입구 즈음이 낚시꾼들 사이에서는 고기가 꽤나 잘 잡히는 곳으로 소문난 모양이었다. 그래봤자 내가 본 것은 순 망둥어뿐이었지만 말이다.

이 동네에서 망둥어는 흔해 빠진 물고기다. 바짝 말려 불에 구우면 밥반찬으로 그만이다. 김치에 말린 망둥어, 고추장은 내 도시락 단골 메뉴였다. 살을 발라 찢은 것도 아니고 지느러미까지 그대로 단정하게 말라비틀어진 망둥어. 대가리부터 입에 넣고 우걱우걱 씹는 맛은 묘한 쾌감을 주기도 했다.

씹고 뜯는 재미를 아는지 모르는지 수문에 드나드는 낚시꾼들의 발걸음은 끊이지 않았다. 상리 버스 종점이 집 앞이라 보지 않으려 해도 낚시꾼들의 웃음소리는 담을 넘어 들기 일쑤였다.

"오늘은 재미 좀 봤나비?"

"하하하. 얼매 안 돼요."

"아이고, 솔찬허고만."

"횟집에 큰 놈은 몇 놈 주고 잔챙이만 집에 가지가는고만요."

떠오르는 낚시꾼의 얼굴 몇몇 중 누가 뭘 건졌다는 걸까? 이제 낚시를 못하게 한다는 걸로 봐서는 길한 물건은 분명 아니었다.

할머니는 종종 산에서 무장공비가 내려왔다는 얘기를 하셨었다. 설마? 아니면 할머니 집 외양간 아랫방에 세 들어 살던 총각이 며칠 전부터 보이지 않았는데? 에잇, 아냐 아냐. 그럼 누구지? 아니 아니 뭐지, 뭐지?

절그럭 절그럭 도시락 통을 흔들며 달려올 영근이의 모습은 여전히 보이지 않았다.

엄마는 오늘 수문 저 위쪽 어디로 석화 캐러 간다고 했다.

김성숙 전주문화방송 구성작가.

틀못

이병초

눈앞에 황방산이 있고 그 아래 젊은 여인네 치맛자락 같은 들판이 있으니 물은 지금 자리에 저절로 모아졌다. 사람들은 여기를 베틀 형상으로 물을 가둔다는 뜻으로 '틀못'이라 불렀고, 틀못은 이 바람대로 물을 가둬 그 아래 논밭을 먹여 살렸다. 일제 때 왜놈들이 갱도 파는 기술을 가진 중국인들을 데려와 황방산 흙을 퍼 날라 둑을 높이 쌓게 했고, 조선인에겐 곡괭이와 삽으로 틀못의 폭을 넓히도록 했다. 거기가 지금의 장동리 저수지이다.

고2 여름방학 때였다. 일곱 명이나 되는 우리는 틀못 둑 반대편 산자락에 낚시를 한 대씩 폈다. 둑에는 낚시꾼들이 쭈욱 앉아 있었다. 그런데 지렁이를 단 지 두어 시간이 더 지났는데도 피라미조차 입질이 없었다. 꾼들이 왜 둑 쪽으로만 앉아 있는지 알 것 같았다. 날은 어둑어둑해지고 매운탕은 끓여먹고 싶은데 이거 참 난감했다.

그때 누군가 꾀를 내었다. 붕어매운탕 끓여 소주 한잔 걸치고 젓

내 생에 가장 빛나던 순간

가락 장단을 치면서 목청껏 노래 부를 요량으로 온 것이지만, 그 마음을 숨기고 어떻게든 모범생처럼 보여서 꾼들에게 새끼 붕어 한두 마리씩만 얻어오기로 한 것이었다. 그렇게 틀못 둑의 저쪽에서 이쪽까지 훑으면 한 냄비는 그냥 찰 것이다. 우리는 겉으로도 순해 보이고 실제로도 순한 필수를 앞장세웠다. 꾼에게 정중하게 인사를 한 다음 사정이 여차여차하니 "쪼깐한 붕어 한두 마리만 주세요, 피라미도 좋아요, 매운탕 끓여 먹게요." 이렇게 나오면 꾼들은 붕어 새끼 한두 마리쯤 미련 없이 던져줄 게 틀림없다고 확신했다. 필수에게 재차 붕어 새끼 동냥질하는 방법을 연습시켜 꾼들에게 보냈다.

대성공이었다. 꾼들은 모범생을 실망시키지 않았다. 주는 쪽에서는 한두 마리지만 받는 쪽에선 꾼들을 거칠수록 물고기가 배로 늘어났을 테이니 말이다. 감잎만 한 붕어 새끼와 피라미로 그들막해진 큰 냄비를 들고 필수가 신나게 걸어왔다. 해가 지고 있었다. 노규는 오밤중에 끓여 먹을 매운탕감만 따로 챙겨두고 큰솥에 배 딴 물고기들을 왕창 쏟았다. 고추장을 풀고 된장기를 하고 장작개비에 불을 붙였다. 물고기 얻어왔던 큰 냄비에는 밥을 했다. 큰솥이 한 번 끓어 넘치자 노규는 불땀을 죽였다. 다갈다갈 오오래 지질 것이다. 그래야만 고추장에 버무려진 신 김치와 붕어들이 입에 설설 녹아날 수 있다. 큰 냄비에 밥을 두 번이나 해댔어도 큰솥에 담긴 매운탕은 목 당그래질이 뭔지도 모르고 다갈다갈 끓기만 했다. 드디어 큰솥 뚜껑이 열렸다. 우리는 앞다투어 뻘겋게 지져진 김치며 물고기들을 눈 깜박할 새 먹어치웠다. 소주 됫병이 동났다.

밤이 깊어가고 있었다. 여전히 입질은 없었다. 낚싯대를 팽개치고 텐트 속으로 들어간 녀석도 있었다. "야, 매운탕 끓여서 한잔 더 하자." 민규가 맹숭맹숭한 우리들 가슴에 불을 확 댕겼다. 다갈다갈거리며 다시 매운탕이 끓었다. 자정이 가까웠을 거였다. 소주 됫병을 땄다. 스텐 밥공기 반을 넘긴 소주를 우리는 단숨에 들이켰다. 소주 한 잔에 매운탕 한 수저, 붕어만 건져 먹기 없기, 술 취한다고 텐트 속에 들어가는 놈은 내 아들이다! 이것이 우리의 주도(酒道)였다. 장작이 되얹어진 모닥불은 밤더위가 뭔지도 모르고 혓바닥 날름거리며 활활 타올랐다. 됫병 두 개가 금세 동났다. 다른 됫병을 가져와서 또 말리기 시작했다.

혀 꼬부라진 밤이 얼마나 깊었을까. 이렇게 맨날 방학이면 좋겠다. 둑 쪽의 칸데라 불빛이 너울너울 춤추며 우리에게 손짓을 했다. 취하기 시작한 것이다. 그러나 괜찮다. 이렇게 놀려고 온 것이니까. 누가 먼저랄 것도 없이 노래를 퍼질러대기 시작했다. 일곱 명이 한 꺼번에 불러대는 노랫소리는 금세 틀못을 일으켜 세울 듯 우렁차게 퍼져나갔다. 한 곡이 끝나면 노래야 나오너라 쿵짝짝 쿵짝, 안 나오면 쳐들어간다 쿵짝짝 쿵짝, 엽저어언 여얼다아앗냐앙! 모기가 뜯어먹든 조각달이 우리를 보고 히죽거리든 말든 여름밤은 우리들의 노랫소리에 갈기갈기 찢어지고 있었다. 물고기 잘 잡히는 둑 쪽을 향해 들으라는 듯, 아저씨들 고기는 이제 다 잡았다는 듯 악을 썼다.

"야이, 씨버럴 놈덜아. 조용히 안 헐래? 낚시질을 헐 수가 업자녀?"

한 아저씨가 목 가래톳을 확 세웠다. 그러자 둑 여기저기서 쌍욕

들이 터져 나왔다. 그러나 우리는 혜은이의 「제3한강교」로 이은하의
「아리송해」로 키보이스의 「해변으로 가요」로 쩌렁쩌렁 틀못을 덮쳤
고 그럴 때마다 틀못은 아랫도리를 뒤틀며 제 몸을 바르르 떨곤 했다.

"야, 이 개새끼덜아, 증말로 조용히 안 헐래? 쥐알태기만 헌 것떨
이 말도 드럽게 안 들어 처먹네? 느그들 참말로 조용히 안 혀!"

그러자 우리 중 누군가가 그 아저씨의 욕을 받았다.

"예, 아저씨. 알었어요, 조용히 허께요, 씨벌놈아."

"머라고? 저 쥐좃만 헌 것떨 좀 보게. 시방 우덜떨허티 씨벌놈이
라고 혔냐? 요런 모가지를 확 잡아 뽑아버릴 놈덜, 너그들 거그 쪼
매만 있어!"

"예, 아저씨. 우리가 잘못했구만요, 다시는 안 그럴게요, 개새끼야"

말이 건너오는 족족 우리는 말끝에 욕을 붙여서 되돌려줬다. 금
방이라도 달려올 것 같았던 아저씨들은 그러나 우리 쪽으로 오지
못했다. 노랫소리가 워낙 우렁찼으므로, 모닥불에 어른거리는 쪽수
가 열댓 명은 될 것이라고 지레 짐작을 했는지도 모른다. 겁이 나서
못 왔는지 더러워서 안 왔는지는 모르지만 칸데라 불빛을 죽인 우
리에게 꾼들은 그 밤에 적수가 못 되었다. 다시 목구멍이 찢어져라
조용필의 「촛불」을 한사코 좃불로 치켜세우며 "불타는 불고기럴 먹
어보랑게, 말 못 허는 말고기도 먹어보랑게!" 틀못 곳곳을 찔러댔다.
철천지원수를 만난 것처럼 바락바락 악쓰며 목타루가 콱 주저앉아
헛심 팽길 때까지 몸부림쳤다. 하지만 시간을 잊어먹은 어느 순간
좁아터진 텐트 속으로 다들 들어가 쿨쿨 잠들어 버렸다.

"엊저녁에 우덜떨헌티 욕헌 새끼가 누구여, 후딱 안 나와!"

웬 아저씨 둘이 작살같이 생긴 낚시 받침대를 꼬나 쥐고 우리를 노려보고 있었다. 잠이 덜 깬 아니 술이 덜 깬 우리는 어리둥절했다. 아저씨들은 번갈아가면서 우리들 눈팅이를 밤탱이로 만들겠다는 듯이 입에 악을 물었다. 어젯밤에 자신들에게 욕해댄 새끼를 잡아서 단박에 요절내고야 말겠다고 식식거리고 있었다. 우리 모두는 텐트 속에서 끌려나와 무릎 꿇린 채 사정없이 걷어차이고 있었다. 그때 순하디순한 필수가 나섰다.

"아저씨, 우떨도 피해자당게요. 엊저녁에 여그 와서 노래 부른 놈들이 우덜떨을 한 명씩 텐트 속으로 몰아넣고 패댐서 돈이랑 다 뺏어갔당게요."

두 꾼은 곧이들으려고 하지 않았다. 더 거세게 눈알을 부라렸고 뻔한 지랄 말라고 입똥내가 튀었다. 그러나 필수가 워낙 간절하게 얘기를 했고, 어제 어둑해질 때 붕어 새끼를 준 적도 있지 않느냐고 두들겨 맞아서 억울해 죽겠다는 듯이 불쌍하게 말을 내려놓았고, 이 틈을 타고 여기저기서 피해를 입은 가짜 상황이 쏟아졌다. 아저씨들은 잠시 주춤했다. 요것들이 틀림없는디, 틀림없는디 하는 표정으로 고개를 짜웃댔다.

"느그들도 피해자라닝게 그냥 가기는 간다만, 그 호로 개상녀러 새끼덜을 어떻게 잡어서 회를 친다야. 증말로 승질나서 못 살것네."

아저씨들은 물러갔다. 묵사발이 될 뻔한 우리들은 뺀질뺀질 되살아났다. 무릎은 꿇렸을망정 두어 차례 사정없이 걷어차였을망정 여기서 끝난 게 천만다행이었다. 아저씨들은 엎드려 뻗처!를 명령하고 작살 같은 받침대로 우리를 사뭇 조져낼 판이었기 때문이다.

꾼들이 허벅지만 한 잉어를 끌어냈든, 피라미 한 마리도 못 잡아서 틀못이 털못이 되었든 어쨌든 며칠 전에 찾아본 틀못은 확 바뀌어 있었다. 법조타운인가 혁신도시인가를 한다면서 틀못 위쪽의 옥계동이며 눈에 익은 논과 밭은 온데간데없고 오죽잖은 철골구조들이 뼈를 드러내고 있었다. 아파트들이 가득 들어차 있었다. 가난했지만 도타웠던, 야트막한 풍정들 속에서 너울거리던 틀못은 유통기한 지난 꽁치 통조림처럼 버려져 있었다. 문명은 열여덟 살 먹은 여름밤을 가게 구석에 처박혀 먼지나 뒤집어쓴, 빼빼 마른 북어 꼴로 만들어 버렸다. 바람소리와 새소리에 버무려진 햇살이 몸에 감기던, 천지 사방을 가둬 버리는 새벽어둠이 낮은 숨소리를 열고 꾼들에게 안개옷을 입히던, 밥벌이에 지친 숨소리들을 위로해주던 틀못을 저 미련해 터진 철골들과 아파트들이 알 턱이 없었다.

작살 같은 낚시 받침대로 우리를 단단히 혼꾸녕내고 싶었던 꾼들, 그분들께 사과도 못 하고 나는 그때 꾼들보다 나이를 더 먹어 버렸다. 문명이 발전하면 발전할수록 사람살이가 바빠지고 사람의 터가 점점 더 좁아질 수밖에 없다는 사실, 이것만큼은 늦지 않기를 그분들도 바랄지 어떨지. 틀못은 남았지만 주변은 무참히 파헤쳐져서 뒤꼭지만 남았다는 듯 용정리를 등 뒤에 둔 야산 자락이 퍽 야위었다.

이병초 1998년 『시안』으로 등단. 시집으로 『밤비』, 『살구꽃 피고』, 『까치독사』.

만경강, 노을에 젖다

박월선

금강의 발원지는 '뜬봉샘', 섬진강 발원지는 '데미샘', 영산강 발원지 '가마골', 만경강 발원지는 '밤샘'이다. 밤섬에서 그 물줄기가 머무르는 곳까지 가 보기로 했다. 밤샘은 전북 완주군 동상면 사봉리 밤티마을 657고지에 있다.

2009년 1월 1일 눈이 내리고 있었다. 만경강을 소재로 멋진 그림책 탄생을 꿈꾸며 나의 취재는 시작되었다. 그곳 밤티마을을 가족과 함께 찾아 나섰다.

동상초등학교를 지나자 곶감이 즐비하게 매달려 있었다. 아이들이 신기하다며 구경하자고 했다. 차를 멈춰서 곶감을 말리고 있는 곳을 구경했다. 저 많은 곶감을 깎아 말린 정성이 대단하다. 그리고 한참을 가다 보니, 동상면 사봉리 265번지에 논두렁 썰매장이 있었다. 추운 날씨 탓인지 아이들이 많지는 않았지만 그곳에 잠시 멈춰서 썰매를 타기로 했다. 나무토막을 2단으로 올려서 만든 썰매를 각

각 하나씩 차지하고 논두렁을 지치지 시작했다. 아이들은 추위 속에서도 활짝 웃으며 깔깔거렸다. 아이들의 웃음소리가 논두렁으로 퍼졌다. 아이들보다 내가 더 신났다.

완도가 고향인 나는 논두렁이 얼 만큼 눈이 많이 오지는 않았지만 증조할아버지 산소가 있는 비탈에서 눈썰매를 탄 적이 있다. 묘지 위로 눈이 조금이라도 쌓인 날은 비료 포대 안에 지푸라기를 채워 넣고 눈썰매를 탄 적이 있었다. 비료 포대 안에 지푸라기는 아버지가 정성껏 만들어주곤 했다. 묘지 아래 언덕으로 굴러간 날은 온몸이 멍들곤 했지만, 미끄러져 내려가는 재미에 그만한 위험은 감수할 만했다. 그때 함께했던 할아버지 댁 동네 아이들의 얼굴이 떠오르지 않는다. 명절 때나 방학 때만 함께 놀았던 친구들이다. 지금쯤 어딘가에서 잘 살고 있겠지 생각해 본다.

작은 논두렁을 다섯 바퀴 돌고야 아이들의 소리가 들렸다.

"엄마! 손끝이 시리다!"

"어이쿠! 나만 신났군."

썰매를 멈췄다.

논두렁 썰매장, 입구에서는 동네 할아버지가 군고구마와 떡꼬치구이, 어묵 국물을 팔고 있었다. 우리 가족은 그곳에서 언 손을 녹이며 잠시 아이들과 다른 세계를 상상하고 있었다. 나의 어린 날의 회상을.

다시 밤섬으로 향했다.

만경강 발원지 1.5km.

이정표를 따라 걸었다. 길 위로는 눈이 얕게 쌓여 있었다. 아이들은 작은 발자국을 찍으며 타박타박 걸었다. 어디를 가든 엄마 아빠를 따라 투덜거림 없이 함께 가 주는 아이들이 고맙다. 그리고 나의 작품 소재를 찾아 취재를 다닐 때도 항상 함께해 주는 나의 사랑님도 늘 감사하다. 이런 생각들을 하며 나도 아이들의 작은 발자국 옆에 내 발자국을 찍고 나의 사랑님 발자국도 찍으니 어느새 우리 가족 발자국 사진이 되었다.

'만경강 발원샘(밤샘)'. 2001년 7월 17일 전북산사랑 동우회가 세운 나무 푯말이 우리들을 맞이한다. 이곳이 목적임을 알고 아이들은 실망한 표정이다. 밤샘 위에 주홍 바가지가 덩그러니 놓여 있었지만 그 물 또한 믿음이 가지 않아 목도 축이지 못했다.

과자로 아이들을 달래며 노을이 지고 있는 새만금방조제로 향했다. 만경강 물줄기를 천천히 따라가 보니 강가에 작은 마을들이 모여 있었다. 만경강과 함께 삶을 살았을 사람들이다. 지붕에 60cm 길이 고드름이 달렸다. 아이들은 잠시 고드름을 따서 칼싸움을 하고 나는 노을로 물들어가는 만경강을 본다.

만경강 물줄기를 따라 차를 달리다 보니 눈으로 하얗게 덮여 있는 김제 망해사에 도착했다.(전라북도 김제시 진봉면 심포리 1004.)

망해사(바다를 바라보고 있는 절)는 642년(의자왕 원년) 부설이 창건했다고 한다. 하지만 이제는 바다가 새만금방조제로 막혀서 강이 되어 버렸다. 해우소 부근에서 바라본 서해는 바다 안개로 자욱하다. 바다로 향한 범종각은 막힌 바다를 보며 덩덩덩 종을 울릴 것이다. 그 종소리는 바다 안개를 헤치고 저 서해로 사람들의 염원을 전파할지도 모른다.

망해사 전망대에 서서 만경평야와 새만금방조제와 눈으로 덮여 있는 심포항을 본다.

새만금방조제로 바다가 막히기 전 우리 가족은 그곳에서 맛살을 잡았다. 갯벌에 맛소금을 뿌리며 밀물이 드는 것도 모르고 맛살을 잡았다. 밀물은 아주 서서히 빠르게 갯벌을 덮어 버렸다. 우리의 삶도 그러하리라. 자신도 모르게 서서히 습관으로부터, 타성에 젖어서, 그렇게 시간을 보내며 살고 있을 것이다.

심포항은 점점 짙은 노을로 물들어 가고 있었다. 우리 가족들도 심포항 속에서 함께 노을 속에 젖어 있었다. 만경강도 노을에 젖어 서해로 흘러가고 있었다.

박월선 2007년 「광주일보」 신춘문예 동화 당선. 동화집 「딸꾹질 멈추게 해줘」, 「닥나무 숲의 비밀」.

만경대와 삶은 계란

안성덕

어, 어 없다! 주머니를 뒤집어 까 봐도, 벤또 보자기를 탈탈 털어 봐도 온데간데없다. 일원짜리 동전도 아니고, 주먹만 한 것을 떨어뜨리고도 몰랐다니……. 멍텅구리 바보 천치, 나는 수없이 내 머리통을 쥐어박았다. 오랑캐가 해를 먹어버린 듯 순간 눈앞이 캄캄했다.

중학교 첫 소풍이다. 국민학교 때는 6학년이 돼서야 겨우 30분 거리인 발전소 충혼탑 부근으로 갔는데, 경치 좋다고 소문난 이십 리 길 만경대란다. "야호, 중학생은 소풍부터 다르구나!" 봄 소풍은 전 학년 같이 가고 가을 소풍은 학년별로 간다고 했다.

제발 비가 오지 않아야 할 텐데, 폐병쟁이 미술 선생님이 학교에 사는 구렁이를 잡아먹은 뒤로 체육대회나 소풍 때면 자주 비가 온다고, 3학년 옆집 누나한테 들은 터라 여간 걱정이 되는 것이 아니었다. "산골짝에 다람쥐 아기 다람쥐 도토리 점심 가지고 소풍을 간

내 생에 가장 빛나던 순간

다. 다람쥐야 다람쥐야……", 꿈에서도 노래를 부르느라 그만 잠을 설쳤다. 천만다행으로 아침 해가 쨍쨍했다. 쨱쨱 참새 소리도 여느 날보다 더 맑고 고왔다.

정지 문을 빼꼼히 열고 어머니가 부르셨다. 가마솥 밥 위에 얹어 찐 계란 두 개를 몰래 건네주시며 "목 마치면 큰일 난다. 꼭 물 마시며 먹어라." 하신다. 주먹만 한 게 노른자가 두 개인 쌍알이 분명했다. 공책이나 도화지로 바꿔야 할 계란을 다 쪄주시다니, 콧노래가 절로 나왔다. 당시는 무시험 전형 몇 해 전이라 중학교도 입학시험을 쳤다. 산외 산내 옹동 칠보, 인근 4개 면에 하나밖에 없는 칠보중학교였던지라 입학시험에 떨어지는 아이도 상당수였다. 당당히 입학한 내게 주시는 상이었던 게 분명했다.

이십 리 신작로를 줄을 맞춰 구불구불 갔다. 이따금 지나가는 버스를 만나면 시집간 막내고모라도 타고 있는 양 반갑게 손을 흔들었다. 짐을 가득 실은 도락구가 뽀얗게 먼지를 피워도 아무도 주먹감자를 먹이지 않았다. 구절재를 넘다 목이 말라 수통을 메고 온 친구에게 물 한 모금 얻어 마셨다. 재잘거리는 우리들 머리 위로 노란 꾀꼬리가 날아서 새터마을 운주사 오동나무에 들던 것을 언뜻 본 것도 같았다. 주머니 속에 든 계란 두 알 때문이었을까, 난생처음 한나절을 걸었는데도 다리가 아프지 않았다.

열한 시쯤 만경대에 도착했다. 듣던 대로 경치가 참말 좋았다. 능교 다리 위에서 내려다 본 강물은 아찔했다. 누군가 돌멩이를 던져 하나, 두울, 셋을 세며 높이를 가늠했다. 또 누군가는 침을 뱉어 날

려보며 두어 걸음 물러섰다. 잠시 다리쉼을 하고 보물찾기 시간이 되었다. 단 한 번도 보물을 찾아 본 적이 없던 나는 이번엔 기필코 찾고야 말겠노라 뛰어다녔다. 이리저리 바위틈을 살피고 자갈을 들춰보길 한참, 역시 허사였다. 두서너 장씩 찾은 친구도 여럿이건만 내 눈엔 도무지…….

정신없이 헤매다가 아차, 주머니를 만져보니 계란이 없다. 없다. 미치고 환장할 노릇이었다. 찾지도 못할 보물을 찾는다고 그만 손 안의 보물을 잃어버린 것이다. 계란을 찾을 수만 있다면, 강변의 그 많은 자갈들을 전부 들어낼 수 있을 것 같았다. 만경대의 기암괴석도, 맑고 푸른 강물도, 왁자지껄한 친구들도 소실점 밖으로 멀어져 갔다. 달기똥 같은 눈물이 주르륵 발등에 떨어졌다. 삶은 계란을 못 먹었는데도 목이 메어 자꾸만 주먹으로 가슴을 쳤다. 보물찾기 시상식도 학급별 장기자랑도 관심 밖이었다.

만경대는 정읍시 산내면에 있다. 경관이 아름다워 예로부터 산내 팔경 중 하나로 꼽혔다. 쌍치 쪽에서 매대(梅竹)를 돌아오며 제법 소를 이루기도 한 추령천이 옥정호와 합수되는 지점으로, 꽤 넓은 자갈밭과 모래밭이 있어 수백 명이 함께하는 소풍 장소로는 마침맞은 곳이다. 또 인근에 있는 능교(菱橋)는 부안에서 대구를 잇는 국도 30번 구간에 놓인 다리로, 당시로선 흔하게 볼 수 없던 위용과 자태로 많은 사람들이 찾았다.

작년 가을, 내 인생 최초의 쓰라린 낙담이 고스란히 남아 있는 만경대에 30여 년 만에 들렀다. 건너편 산자락에 조성된 구절초 공원에 축제가 한창이라며, 인근에 귀향해 사는 친구가 부른 것이다. 입대 전 착잡한 심사도 달랠 겸 친구들이랑 천렵을 한 후로 처음이었다. 그때 우리는 투망으로 건져 올린 빠가사리, 꺽지, 피라미로 어죽을 끓였다. 웃통을 벗어부치고 됫병짜리 소주 댓 병은 족히 치웠던 것 같다. 만경대가 떠나가라 고래고래 악을 썼지 싶다. 친구와 화개동에서 만경대에 이르는 길을 걸었다. 농로가 되어버린 옛길은 많은 추억을 데려다 주었다. '비단다리'라고도 불린다는 능교와 그 주변은, 6·25 전후의 모습을 연출하기에 적합해 영화 「남부군」과 「타짜」, TV 드라마 「전우」가 촬영되었다고 한다. 구절초 공원으로 이어지는 길에는 걷기 좋게 데크가 설치되어 있었다. 3만여 평에 만개한 구절초는 가히 절경이었다. 전국적으로 소문난 가을 축제라고 했다. 근 50년 만에 용케 찾아낸 찐 계란 두 알을 안주로 친구와 실로 오랜만에 대취했다.

만일 그날 만경대 봄 소풍에서 삶은 계란을 잃어버리지 않았다면 내 인생이 더 팍팍했을지도 모를 일이다. 사이다도 없이 찐 계란을 먹었을 수밖에 없었을 그때를 생각하면, 지금도 가슴이 답답하고 목이 멘다.

삶은 계란만 보면 만경대가 생각난다. 올가을 구절초 축제가 끝나고 사람들 발길이 좀 뜸해지면, 계란 몇 알 삶아 만경대에 가볼 요량이다. 달밤에 끝물 구절초 꽃을 구경해보고 싶다. 아, 잊지 말고 사이다도 한 병 꼭 챙겨야겠다.

안성덕 2009년 「전북일보」 신춘문예 시 당선. 시집 「몸붓」.

내 생에 가장 빛나던 순간

그때 거기, 청운사

기억에 남는 장소라 하면 분명 과거의 일이어야 할 것이고, 어떤 사람과 관련이 있거나 사건 혹은 어떤 사물과 관련이 있어야 함은 자명하다. 물론 그 기억은 기뻤거나 슬펐거나 아름다웠거나 특별했거나 등의 다양한 경험이 부수적으로 따라와야 할 것이다. 그런데 참 그렇다. 이왕이면 그럴 듯한 러브스토리로 감미롭고 달콤하고 상큼하게 글을 써 나가면 좋을 텐데, 로맨틱한 연애 사건 없이 전북 땅에 살아왔다는 게 못내 아쉽다. 하지만 감미롭고 달콤하고 상큼한 기억만 없을 뿐, 이러저러한 기억들이 왜 없겠는가. 도내에서 살아온 지 몇십 년째이다. 단지 그 기억 속 '그때 거기'가 안타깝고 마음 아픈 일이기에 선뜻 꺼내는 데 주저했을 뿐이다.

'청운사'는 김제시 청하면에 있는 절로, 군산에서 자동차로 20~30분 거리에 있다. 대부분의 절은 산속에 위치하고 있는데, 이 절은 논 사이를 가로질러 한 귀퉁이에 자리하고 있다. 절이라고 하

내 생에 가장 빛나던 순간

기에는 아주 아담한 편이지만 7월이면 백련이 아름다운 자태를 뽐
내는 것으로 이름이 꽤 알려져 있다. 만개한 백련은 얼핏 보면 임금
님의 어금니 같고, 자세히 보면 하얀 등불 같고, 멀리서 보면 키 큰
학이 서 있는 것 같으며, 밤에 보면 하얀 이불깃 같은 꽃이어서 포
근함마저 느낄 수 있는, 다양한 얼굴을 가진 꽃이기도 하다.

　이 절을 알게 된 것은 군산의 R 선생님 때문이다. R 선생님은 소
설을 쓰시는 분으로서 창작열이 대단하신 분이었다. 사업적으로도
성공하시어 문인들에게 '밥'을 잘 사 주시는 분으로 정평이 나 있었
다. 속된 말로 '이분의 밥을 얻어먹지 못한 사람은 문인이 아니다'라
고 할 정도로 문인들에게 아낌없이 밥을 사 주셨던 분이다. 만약 어
느 누가 밥값을 계산하려 들면 정색을 하시면서 "나보다 돈 많으면
계산해!" 하시던 분이었다. 자칫 오만하게 들릴지 모르지만 그건 오
해다. 대부분 가난한 작가들의 얇은 호주머니를 배려하시는 차원이
었음을 알 만한 사람은 다 아는 까닭이다. 또 걸쭉한 입담으로 어색
한 분위기를 화기애애한 분위기로 전환시키는 것도 선생님의 몫이
었음은 물론이고, 문인들의 대소사도 거의 빠짐없이 행하셨던 것으
로 알고 있다. 그런 그분이 췌장암을 앓게 되면서부터 건강이 급속
도로 악화되셨는데, 언제부터인지는 모르나 청운사 주지 스님과는
각별한 관계를 유지하고 계셨다.

　어느 날 선생님은 P 시인과 나를 사무실로 부르셨다. 입맛이 없어
아무것도 먹을 수 없으니 청운사에 가서 함께 점심을 먹을 수 있겠
느냐 하셨다. 그날 처음 청운사를 갔던 것으로 기억한다. 선생님은

절에 도착하자마자 대웅전 부처님을 뵈었고, 선생님의 부모님 위패를 모신 (극락전 같은) 곳에 들러 예의를 표시한 다음, 이런저런 가족 이야기를 들려 주셨다. 그때 선생님은 아마도 이승을 떠날 준비를 하고 계시는 듯했지만, 우리들의 기분을 생각해서인지 여느 때처럼 종종 농담도 하시면서 시종일관 태연한 모습을 보이려고 애를 쓰시는 모습이 역력했다.

　선생님은 2013년에 세상과 이별을 고하셨다. 그 후 청운사는 나의 기억 속에서 R 선생님과 함께 머물기도 하고 때로 흐르기도 했다. 그런데 2016년 7월 9일에 선생님의 시비가 청운사에 세워졌다는 소식을 이전 문인협회장인 Y 소설가로부터 들었다. 과정을 물으니 전북문인협회가 주축이 되었다고 했다. 사람 만나기를 즐겨하지 않는 데다가 문인협회가 아닌 작가회의 소속인 나는 까마득히 모를 수밖에 없는 정보 구조였다. 내 씁쓸한 마음을 읽었는지 Y 소설가는 나를 차에 태우고 어딘가를 향해 달렸다. 외곽의 커피숍을 가는 줄 알았는데 차는 김제 방면으로 달리고 있었다. 이윽고 차가 멈췄고 나를 내려놓은 곳은 바로 청운사였다.

　"소원 풀었죠?" 하면서 씩, 웃는 Y 소설가. 청운사에 오는 것이 무슨 소원까지야 되었을까만 고맙기 그지없었다. 청운사는 '하소백련' 축제 기간임에도 너무 조용했다. 청운사 정면 오른쪽에 자리한 선생님의 시비가 보였다. 시비의 양면으로 여러 개의 화환이 늘어서 있었고, 커다란 현수막에는 생전의 선생님 모습이 프린트되어 있었다. 나는 현수막 속 선생님을 한참 동안 바라보고 서 있었다. 생전에 청운사와 인연을 깊게 맺은 까닭으로, 또 여러 사람들의 도움으로 선생님은 세세만년 뭇사람들의 기억 한편에 자리하게 되었다. 참 고맙고 반가운 일이 아닐 수 없다.

Y 소설가와 나는 정자에 앉아 백련을 감상했다. 날씨가 흐리거나 비가 오는 날이어야 제대로 연꽃 향을 맡을 수 있다는 말을 증명이 라도 하듯, 흐린 날씨 탓에 진한 연꽃 향을 제대로 맡을 수 있었다. 우리는 아무 말도 없었다. 그러다 한참 후에 겨우 한 말은 "그만 갑 시다."였다.

예전의 청운사가 R 선생님을 떠올리게 하는 절이었다면, 이제는 Y 소설가까지 겹쳐 떠오르는 추억의 장소가 되었다. 먼 훗날 청운 사는 그야말로 '그때 거기'로써 자리하여 오랜 기억을 떠오르게 할 것이고, Y 소설가의 웅숭 깊은 마음 또한 함께 기억되는 장소로 오 래 남아 있을 것이다.

이소암 군산대 대학원 국문과 졸업. 2000년 『자유문학』 등단. 시집 『내 몸에 푸른 잎』, 논문 『이상 시 연구』. 현재 군산대 평생교육원 글쓰기 전담교수.

2016 여름, 백두산

장창영

    날씨는 연일 숨을 막히게 한다. 여름 백두산이라, 어느덧 다녀온 지 한 달이 다 되어가지만 다시 생각하는 것만으로도 가슴이 먼저 설렌다. 백 번을 가야 비로소 두 번이나 제대로 볼 수 있다고 해서 백두산(白頭山)이라 했던가. 한국인이라면 누구라도 그러하겠지만 내 기억 속에 남아 있는 백두산은 특별하다.

    내 기억 속에서 백두산을 처음 만난 것은 안도현 시인을 포함한 일행과 함께했던 여행에서였다. 도현이 형의 말대로 자신의 터전인 '안도현'을 거쳐 백두산으로 향했을 때, 또 얼마나 마음은 흥분되었던가? 쏠릴 듯 아슬아슬한 길을 지프차로 달려 오른 정상은 덜덜거릴 정도로 몹시 추웠다. 중국군들이 입었음 직한 두꺼운 외투를 빌려 입고 백두산에 올라 마주한 천지는 그 속살을 전부 보여주지 않았다. 일행의 눈앞에서 천지는 열렸다 순식간에 닫혀 버렸다. 그러

기를 몇 차례. 우리는 천지가 잠시 허락해준 백두산 언저리를 눈으로 훑다가 아쉬움만 잔뜩 안고 돌아올 수밖에 없었다. 그래서인지 첫 기억 속 백두산은 늘 아득하기만 했다.

두 번째 백두산과의 만남은 아들과 함께였다. 활화산인 백두산이 활동을 하게 되면 언제 다시 볼 수 있을까 하는 급한 마음이 내 발길을 백두산으로 향하게 만들었다. 고르고 골라서 택한 여행사 상품은 인원 미달로 불발. 서둘러 다른 여행사를 골라서 마침내 6월 끝자락에 길을 떠나게 되었다. 예년보다 덥다는 여름이 막 시작하고 있었고, 여행을 기다리는 동안 내 가슴 한켠에는 백두산이 커다랗게 자리하고 있었다.

4박 5일 여정으로 떠난 일정 중 백두산행은 셋째 날에 잡혀 있었다. 압록강을 지나 일정에 있는 대로 단동, 집안을 거쳐 광개토대왕릉비나 광개토대왕릉, 그리고 장군총을 지나왔건만 여행 내내 나는 '백두산'이라는 이름에 사로잡혀 있었다. 우리 땅을 남의 나라인 중국을 거쳐 가야 한다는 아쉬움이 적지 않았지만 '백두산'이라는 이름은 그 아쉬움까지를 모두 상쇄해 버렸다. 여행의 모든 일정을 압도하고도 남을 정도로 백두산의 위용은 절대적이었다.

여름 한철, 아무리 늦어도 가을 초입까지만 입산을 허락하는 백두산을 오르는 코스는 두 가지이다. 지프차를 타고 한달음에 오르는 북파 코스와 계단을 향해 오르는 서파 코스가 그것이다. 지난번 여정에서 북파를 다녀왔기에 이번에 선택한 경로는 서파! 이제 막 피기 시작한 야생화를 배경으로 1442계단을 오르고서야 비로소 천지를 만날 수 있다는 꿈의 코스였다.

드디어 새벽 6시 30분. 버스는 통화로 4시간여를 달린다. 중국에서 4시간이면 앞동네, 뒷동네라고 한다지만 막상 차를 타고 보면 상황이 그리 녹록지는 않다. 기억을 더듬어 보면 예전보다 시간은 짧은듯하지만 그래도 여전히 만만치 않은 코스이다. 일정을 시작한 후 차를 달려 도착한 곳은 백두산. 받아든 입장권에는 장백산(長白山)이라는 이름이 선명하다.

백두산 입구에서는 셔틀버스로 갈아타야만 했다. 가이드 말에 의하면, 백두산의 환경오염을 방지하기 위해 중국 측에서 친환경버스를 운영한다고 한다. 버스 안 중국인 특유의 왁자지껄한 소리가 이곳이 중국이라는 사실을 더 실감나게 한다. 울창한 숲과 야생화가 간혹 보이는 벌판을 50분 정도 버스를 타고 도착하니 백두산 초입. 통상 고산화원이라 불리는 이곳은 야생화 군락지다. 이제 막 모습을 드러내기 시작한 야생화들이 눈에 들어왔다.

설렘도 잠시 도착한 입구에는 관광객들로 북적이고 있었고, 안개까지 자욱했다. 게다가 바람과 함께 빗발도 서서히 느껴진다. 나도 모르게 한숨이 저절로 나왔다. 안개에 바람과 비까지, 바람과 비는 그렇다 해도 천지를 보는데 안개까지 합세한 건 최악의 상황이다. 역시 여행을 좌우하는 건 날씨가 최대변수이다. 그리고 그 정점은 오늘이 틀림없으리라.

서둘러 우비를 걸쳐 입고 아들과 함께 계단을 오르기 시작한다. 역시 중국은 가히 계단의 천국이라 할 수 있다. 예전에 태산을 오르

거나 황산을 오를 때도 이미 계단의 무게를 온몸으로 실감하지 않
았던가. 중간에 가마꾼 몇이 보인다. 몸이 좋지 않거나 힘겨워하는
이를 위해 가마꾼들은 대기한다. 제 한 몸 걸어 오르기도 버거운 산
길을 가마로 오르다니, 그 모습을 황산에서 처음 보았을 때, 경이롭
기보다는 인간이 참으로 독하다는 생각이 먼저 들었다. 가파른 계
단을 가마로 오르다니 마음이 불편해서 어찌 견디누. 하지만 누군
가에게는 가족의 생계가 걸려 있는 모진 일이기도 하다. 세상을 살
다 보면 가장 비인간적인 모습이 어찌 보면 가장 인간적인 또 다른
면모로 다가오기도 한다.

　계단을 오르다 보니 점점 숫자가 가까워온다. 드디어 1442. 마침
내 정상이다. 혹시나 했다가 역시나, 라고 한다던가. 아니나 다를까.
어느새 빗줄기는 잦아들었지만 정상은 몇 미터 앞도 보이지 않을 정
도로 안개가 자욱하다. 이미 앞서 도달한 이들은 보이지 않는 천지
를 망연자실한 표정으로 지켜보고 있었다. 산 아래에서 아무리 날씨
가 좋더라도 산 정상은 도무지 날씨를 예측할 수 없다. 다른 산에서
는 도저히 느낄 수 없는 변화무쌍함, 그게 백두산이 지닌 매력이다.

　　백 번 와야 두 번 본다는

　　천지에 도착하니

　　보이는 건 짙은 안개뿐

　　1442계단 올라온 기대감은 사라지고

그 마음을 아는지 모르는지

연변 사진사는 흥정을 붙이고

서운한 이를 위해

말끔한 천지 사진을 합성하여 준다나 어쩐다나

「천지에서 묻는다」

패키지 여행의 한계는 시간이 정해져 있다는 점이다. 안내인인 듯한 이에게 물어 보니, 날씨가 좋지 않아 어제 온 이들도 천지를 보지 못했다 한다. 그렇다면 이제는 결정을 해야 한다. 머물 것인가, 아니면 포기하고 떠날 것인가? 딱 15분만 있어 보자고 아들을 달랬다. 여기까지 와서 천지도 못 보고 간다면 얼마나 억울하겠는가! 10분가량이 지나자 조금씩 천지가 그 모습을 드러내기 시작했다. 사람들이 탄성을 질렀다.

천지, 드디어 천지다. 주변은 온통 흥분의 도가니였다. 그도 그럴수밖에 없었던 것이 안개 때문에 못 보리라고 포기한 터라, 막상 눈앞에서 안개가 걷히는 걸 보았으니 당연한 수순이었다.

백두산 만나러 가는

1442계단.

가팔랐지만 마음이 먼저 가서

기다리고 있었습니다.

중국의 5호 경계비와

조선의 37호 경계비가

나란히 한 면씩을 차지하고서

어디에도 속하지 않는 사람들이

힘겹게 오는 것을

물끄러미 보고 있습니다

아무리 둘러봐도

없는 내 나라 이름.

배경으로 사진은 찍어도

가슴은 여전히 먹먹합니다.

밋밋한 저 비석처럼,

「경계비 5호」

　　허겁지겁 사진을 찍다 보니 욕심이 생겼다. 내친김에 5분만 더! 더 이상은 지체할 여유가 없었다. 그 5분의 기다림이 신의 한수였다. 멀리서 천지의 잔잔한 물결이 보이기 시작했다. 그 순간 사진 속에서 완벽하게만 보였던 천지에 대한 기대는 접었다. 다만 눈앞에 펼쳐진 모습만으로도 감사할밖에.

　　천지를 보고 내려오다 정상 쪽을 보니 어느새 다시 안개의 바다다. 정말 순식간에 벌어진 일이어서 내려오는 내내 실감이 나지 않았다. 발걸음은 가벼웠고, 나도 몰래 어느새 콧노래가 흘러나왔다.

천지라, 천지! 그 긴 계단을 어찌 내려왔는지. 멀리서 일행이 보였지만 마냥 신이 난 표정을 지을 수 없었다. 먼저 정상에 오른 이들은 보지 못했다는 걸 알았기 때문에 들뜬 기분을 억눌러야 했다. 같이 여행 온 14명 중에서 6명만이 천지를 보았다. 그때 아들과 나는 거기 있었다. 천지가 제 몸을 열어 우리를 받아들였을 때 우리는 잠시나마 완전한 하나였다.

올라갔던 수순을 다시 밟아 내려온 후 일행은 금강대협곡으로 향했다. 대협곡의 길은 산책하듯 편했지만 눈을 돌려 본 계곡 쪽의 느낌은 완연히 달랐다. 시간이 정지한 듯 펼쳐져 있는 협곡과 숲길을 지나서 입구를 거쳐 다시 일상으로 돌아온 순간, 그제야 백두산을 떠나야 한다는 사실이 실감났다. 우리는 잠시 은혜를 받았던 신의 산에서 현실의 땅으로 복귀했다. 남들은 백 번을 와서 두 번을 본다는 천지를 두 번 가서 다 보았으니 참 인생이란 모를 일이다. 이 모두가 유난히 덥다는 올해 여름에 일어난 일이었다.

들꽃 같은 그대에게
편지를 쓴다

서운할까봐
급한 마음에 몇 자 적어
바람 편에 보낸다

가고픈 생각은

매 순간이고,

글 몇 자 적기도 버겁지만

그 마음만은 알리라

먼저 몇 자로 애써 전하는 것이다

「천지에서」

장창영 「서울신문」, 「불교신문」 신춘문예 시조 당선. 「전북일보」 신춘문예 시 당선. 문예진흥기금 수혜. 시집 『동백, 몸이 열릴 때』.

내 생에 가장 빛나던 순간

산성천의 서정

최기우

　전주시 동서학동 산성마을은 사소한 생명에게도 감동을 받을 수
있는 땅이다. 전주시청에서 차로 5분 거리이지만, 지척이 숲길이며,
여전한 논과 밭에서 생명이 움튼다. 지— 지— 쑥국, 지— 지— 쑥국,
처연하고 느긋한 쑥국새 울음이 너울너울 산성천을 떠내려가고, 가
끔은 제법 앙칼진 울음으로 남고산 검푸른 숲을 휘청휘청 감는다.

　산성마을은 남고산에서 전주천으로 흘러드는 작은 물길을 따라
양쪽으로 길게 늘어서 있다. 그 물길은 남고산성에서 발원하는 '산
성천'이며, 바닥에 반석이 많아 '반석천'이라고도 불린다. 남고산 옛
성벽 안 남서쪽 모퉁이 깊은 곳에서 동쪽으로 흘러 아태무형문화유
산센터를 지나고, 전통문화관 맞은편에서 전주천과 합류한다. 같은
물줄기에 기대어 살아가는 부지런한 사람들 덕에 산성천은 곳곳이
텃밭이었다.

　산성마을 일대는 백제의 흔적을 비롯해 이 땅의 역사가 서려 있

내 생에 가장 빛나던 순간

는 유적들이 많다. 남고산성과 남고사, 억경대, 만경대(정몽주의 시), 천경대, 고인돌(전주교대), 충경사, 서암문(선정비), 관성묘…… 유적이 즐비하니 이야기도 넘친다.

일제강점기 전주사범학교(현 전주교육대학교)를 다니던 시인 신동엽과 소설가 하근찬도 이 마을에서 문학·종교·사상서에 묻혀 살았다. 나이 지긋한 토박이들은 시인이 남고산성 아랫마을에서 야학을 했던 것으로 기억한다. 하근찬도 남고산 계곡 근처에 방 하나를 얻어 자취하며 시와 소설에 젖어 있었다. '어떤 때는 달밤에 산등성이에 올라가 밤하늘을 향해 시를 낭송했고, 일요일에는 남고산 정산에 올라 시를 짓기도 했다.'면서 남고산과 그 깊은 계곡을 추억했다.

1950년대까지만 해도 이곳은 꽤 번창하고 잘사는 동네였다. 성안 마을에 50채 정도의 집이 있을 만큼 가구 수도 상당했다. 닥나무를 쉽게 구할 수 있어 닥나무를 활용한 수공업이 발달했고, 석제품도 유명했다. 그러나 미투리와 지우산 등이 우리 기억에서 멀어지면서 산성마을도 그 궤를 같이하고 있다.

전 구간이 복개(覆蓋) 없이 하늘을 보고 있는 산성천은 하천 왼쪽으로 물가에 바짝 붙은 주택들이 늘어서 있었다. 그 집들은 대부분 대문 앞으로 다리가 놓여 있었다. 다리는 개인이 집을 짓거나 이사 오면서 놓은 것. 산성천을 거슬러 대문과 작은 골목으로 이어지는 다리들이 서른한 개나 됐다.

"내가 여그 60년대 초반에 왔는디, 그때는 다리 옆으 집이 한 채뿐이었어. 그 집 앞으로 다리도 있었고……. 시나브로 사램들이 들어오데. 먹고살 만은 했응게. 여그 다리들은 다 자기들이 났지. 거그 두 개 빼고. 새마을사업인가, 홍수 나선가, 시에서 두 번 지줏지. 다리 처음 놓은 양반들이야, 다 돌아가싯겠지. 이사 가 버린 양반도 있고."

2012년 하천환경정비사업이 시작되면서 천에 기대 살던 사람들의 집은 모두 헐렸다. 그 집으로 향하는 다리도, 그 집들을 잇댄 담장과 골목도, 그이들을 반겨주던 문도 모두 사라졌다. 그러나 지금도 산성천에 서면 어디에선가 이런 절규가 들려올 것만 같다.

"나, 이 집 못 나가요. …… 이 집, 원래 내 집이에요. 내가 여기서 이십 년째 살았어요."

산성천에 놓인 서른한 개의 다리는 이 땅에서 '아웃'되지 않기 위한 소시민들의 버둥거림이었기 때문이다.

마을 초입에 있던 명동정육점은 영화 「날아라 허동구」에서 동구 아버지 허진규(정진영 분)가 운영하는 통닭집으로 나왔다. 영화 속 허진규도 집을 잃었다. 아니 집은 있으나 집이 없었다. 아내 병원비를 마련하기 위해 이십 년째 살아온 집을 팔았지만, IQ 60짜리 아들 허동구를 위해 이 집을 떠날 수 없었기 때문이다. 아들에게 학교에서 집까지 오는 길을 가르치는 데 3년이나 걸렸으니, 집이 있어도 길이 집이다. 아들에게 집을 마련해주기 위해 암이라도 걸리기를 바라는 아버지 허진규의 삶은 힘들게 올라가는 비탈진 길. 길에서 벗어나는 게 아웃이고, 삶에서 이탈하는 게 죽는 거다.

이 길에서 집 없는 사람을 만나는 일은 지금도 어렵지 않다. 집이 없었던 나도 2008년부터 8년을 산성천과 산성천에 기댄 서른한 개의 다리를 보면서 지냈다. 산성천 출렁거리는 소리는 "나, 이 집 못나가요."라는 사람들의 술렁거림으로 들리기도 했고, 남고산에서 내려오는 오색딱따구리의 나무 쪼는 소리에 깜짝 놀라기도 했다.

후백제에서 이어진 천 년의 숨결과 그 결을 안고 마을의 가장 낮은 곳에서 쉼 없이 흘렀을 산성천. 이 냇가를 머금은 산에 꽃 피고 잎 지고 눈 내리는 동안, 산성천은 동네 소문을 담고 무작무작 흘렀다. 씨줄과 날줄로 엮인 산성천과 서른한 개의 다리, 물소리를 귓전 가득 품었을 산성마을 사람들과 마을이 만들어낸 역사·문화 유적들, 지우산·미투리·발·비닐우산과 같이 삶터에 흩뿌려진 흔적들이 전하는 이야기들이다.

"전쟁 나고 서울에서 여그로 피난 많이 왔지. 전부 다 안전하게 돌아갔어. 그만큼 평안한 곳이 여그여."

"여그 또랑에 뱀장어도 있고, 가재, 게, 뭐, 뭐, 뭐, 많았지. 내 어릴 적으 많이 잡았어. 지금도 윗산성 가믄 도롱뇽 알이 있드만."

"진주만 이후에 일본 사람들이 이 근처 산 아래쪽에 굴을 파서 군장비랑 뭣을 잔뜩 숨겼다데. 남고사 옆의 소나무들을 죄다 벌목히서 가림막으로 활용했는데, 해방되고 그 굴이 어떤 상황인지는 여지껏 아무도 찾아본 사람이 없다네. 그거나 한번 찾아봐."

남고산을 스쳐온 바람도 언제나 살갑다. 물그림자 짙어진다. 뱃노란할미새가 날씬한 몸에 긴 꼬리를 흔들며 산성천 위를 물결처럼 난다. 어느 아낙네는 산성천 반질반질한 반석에 청처짐하게 앉아 빨래를 시작한다. 맑디맑은 빨래 방망이질 소리가 산성천 골짜기마다 여울진다. 그 소리에 남고산 생명이 움을 트고, 기어이 살아남은 성벽 돌들이 몸을 뒤척인다. 지금도 산성천은 엷은 청라 비단처럼 화사한 물빛을 안고, 곡선으로 흐른다.

최기우 2000년 「전북일보」 신춘문예 소설 당선. 2003년과 2014년 전국연극제 희곡상 수상. 희곡집 「상봉」, 창극집 「춘향꽃이 피었습니다」.

설국 정읍

성탄절 저물녘이었다. 내 마음의 설원을 깨워 놓았던 전북일보
신춘문예 당선 통보를 받고, 나는 폭설을 건너는 법을 생각했다.

황해에 형성된 습기를 잔뜩 머금은 눈구름이 육지로 올라오다 내
장산이 있는 노령산맥에 막혀 그냥 정읍 땅에 쏟아지면 불빛들만
겨우 눈을 내미는 설국. 해마다 한두 차례는 대설주의보 혹은 대설
경보가 내려지며, 단기간 최대 강설량 기록을 가지고 있는 곳이다.
2005년 12월 21일 내린 눈은 45.6cm로 하루 만에 온 적설량으로
는 전국적인 수준이라 한다.

어릴 적 1번 국도는 눈과 얼음의 나라여서 조무래기들은 미끄러
지는 즐거움을 일찍 알았다. 물론 넘어지지 않고 미끄러질 수 있어
야 재미있다. 하지만 넘어지지 않고 미끄럼만 탄다면 재미없다. 강
에 고무강이 있다는 걸 안 것도 무논에 썰매를 타면서부터다. 꽝꽝
얼어 있는 것도 아니고, 논에 빠질 정도의 살얼음도 아닌 그 중간에

내 생에 가장 빛나던 순간

살고 있는 고무강. 밝음과 어둠뿐만 아니라 밝음과 짙음도 있다는 것을 알게 해준 단단하고 말랑하던 얼음판을 지치며 아이들은 팽이처럼 여물어 갔다.

지붕에 몇 자나 쌓여 노숙하던 눈들이 얼어 죽으면 지붕은 물길을 틔우지 못했다. 천장에서 물이 내려와 양푼이나 대야에 떨어지며 노래를 불렀다. 망치로 정을 두들겨 물길을 쪼다, 지쳐 손톱만 한 얼음 조각으로 잠드는 밤이 많았다. 신문지로 얼음 물길을 녹일 수도 있지만 칼을 갈 수도 있다는 것을 귀동냥했던 시절, 눈은 비가 와야 녹는다는 사실을 알았어도 마냥 기다릴 순 없었다. 식구들의 고슬고슬한 잠을 위해 흘렸던 땀은 얼마나 될까.

비닐하우스에 퍼질러 누운 눈을 털러 들어가는 우리들의 모습을 눈에 며칠째 박혀 있는 전봇대 십자가가 지켜보고 있다. 아래부터 살살 털어라. 찌르지 마라. 높이 있는 눈은 사다리를 원해. 눈 터는 요령이랄 것도 없는 요령을 흔들며 우린 얼마나 으쓱했던가.

내장사 왼쪽으로 금선계곡을 따라 걷다 보면 임진왜란 때 조선왕조실록과 조선 태조 영정을 1년 1개월 동안 보관하였던 용굴이 나온다. 태인현 출신의 손홍록과 오희길이라는 선비는 풍수지리학에 밝았을 거라 짐작한다. 내장산(內藏山) 혹은 영은산(靈隱山)이라는 이름만 보아도 무엇인가 귀한 것을 품고 있을 것 같지 않은가. 실제 내장산 계곡은 태극을 닮았다. 음양의 상호작용에 의해 모든 것이 태어나고 자란다는 원리가 이곳에 숨어 있는 것이다. 백양꽃, 꽃며느리밥풀, 용담, 물봉선, 물레나물, 천남성 등 760여 종의 남방과 북

방 식물들이 스스럼없이 섞여 삶을 영위하는 곳이 내장산이다. 암자가 있었다는 용굴 앞에 마음 하나 앉히고 하나를 알았다 했더니, 또 다른 눈보라가 서래봉을 넘어오는 날이 계속되고 있다. 모든 것은 변한다는 것을 깨달음으로 얻어야 하는가. 결국 눈 속에 파묻어 둔 고구마를 꺼내 먹지 못하고 산을 내려가야 할지도 모른다.

내 유년의 보리밭은 항상 눈에 덮여 엉덩방아를 찧고 있었으므로 폭설 속 보리밭과 함께라면 못할 것도 없으리라. 눈발 자욱한 배들평야의 보리들을 바라보았다. 원래 배들평 농민들이 쌓은 만석보는 아무리 가물어도 물이 풍족하여 만석을 가져다주었다. 조병갑이 만석보 아래 새로 쌓은 보는 너무 높아 물이 범람하여 상류의 논들이 피해를 입었을 뿐 아니라, 첫해 수세를 매기지 않겠다는 약속도 어기고 착복한 것이 700여 석에 달했다고 한다. 보 축조 과정에서 임금을 주지도 않았다. 그러나 보리들은 눈보라를 건너거나, 맞거나, 피하거나, 모두 들에 손발을 적시고 있었다. 눈 덮인 들녘을 한참 바라보고 있으니 잊었던 일이 우박처럼 머리를 쳤다. 눈은 물이다. 결국 정읍 천변 벚꽃들이 줄 지어 제 얼굴을 물에 비춰보는 봄이 어떻게 오는지 보리는 알고 있었다.

물의 세 가지 덕을 말한 이는 노자다. 먼저 가려 다투지 않고, 모든 이에게 이로움을 주며, 항상 낮은 곳으로 흘러가는 물에게서 배우기 좋은 곳이 샘 정(井) 자로 시작하는 정읍이다. 음양, 유무, 화동(和同), 겨울과 봄은 다 배들평야에 있다고 말한다면 몹시 두들겨 맞을랑가? 올여름엔 말고개 아랫길 보리밥집에 1주일에 두 번은 가야

겠다. 추위를 저장했다 한여름 열 많은 이를 위해 몸 내놓는 보리밥
에 고개 숙이리라. 공양을 실천하는 보리밥을 천천히 씹으며 그의
이론 들어보리라.

> 하얀 어둠도 눈발 따라 푹푹 쌓이는 저녁
> 이번엔 내가 먼저, 긴긴 폭설 밤을 산마을에 가둔다
> 흰 무채처럼 쏟아지는 찬 외로움도 예외일 순 없다

박성우, 「나흘 폭설」 부분

  정읍의 시인 박성우처럼 외로움과 폭설을 산마을에 가두고 긴긴
밤을 지내볼 것이다. 아침이면 외로움과 폭설이 놓고 간 콩나물로
얼큰한 해장국 끓여 놓고 충남집 할매나 와 보라고 할까. 현대판 콩
나물국밥 분점이 늘어나면서 맥이 사라져가는 그 콩나물국밥의 고
수는 내가 끓인 국밥을 맛보고 무엇이라 말할 것인지 허벌나게 궁
금하다. 콩나물국밥 한 그릇 앞에 놓고 따끈한 모주 한 잔 마시며
쓰린 속이나 달래고 싶다.

이영종 2012년 「전북일보」 신춘문예 시 당선. 2012 박재삼 문학제 신인문학상 백일장 대상.

39명의 작가가 쓴 마음이 따뜻해지는 이야기
내 생에 가장 빛나던 순간

1판 1쇄 찍은 날 2016년 12월 13일
1판 1쇄 펴낸 날 2016년 12월 20일

지은이 안도현·유강희 외
펴낸이 김완준

펴낸곳 모악

출판등록 2016년 1월 21일 제2016-000004호
주소 전북 전주시 덕진구 기린대로 418 전북일보사 5층 (우)54931
전화 063-276-8601
팩스 063-276-8602
이메일 moakbooks@daum.net

ISBN 979-11-957498-7-4 (03810)

* 이 도서의 국립중앙도서관 출판예정도서목록(CIP)은 서지정보유통지원시스템 홈페이지
  (http://seoji.nl.go.kr)와 국가자료공동목록시스템(http://www.nl.go.kr/kolisnet)에서
  이용하실 수 있습니다.(CIP제어번호: CIP2016027960)

* 이 책의 내용을 재사용하려면 지은이와 모악의 서면 동의를 받아야 합니다.
* 이 책은 전라북도 문예진흥기금을 받았습니다.

값 13,000원